译文纪实

非正規・単身・アラフォー女性

「失われた世代」の絶望と希望

雨宮処凛

[日]雨宫处凛 著　　　　　汪诗琪 译

单身女性

上海译文出版社

目录

前　言

40 岁女性的心声

"我可是全力奋斗到今天的呀。在严峻的就业形势下好不容易找到份工作，一点一滴地证明自己，终于感受到了认可时，已年过 30。那段时间根本无暇考虑结婚，一路狂飙至今……心想要不还是去结婚吧，可这个社会却告诉我，40 岁的女性已经没人考虑了……"

这些话出自本书的采访对象之一，一名 40 多岁的女性，她在婚姻介绍所做了注册。东京市内的一家不限时畅饮店内，她对我述说了这些烦恼，堪称"发自灵魂的呼唤"。

我从许多 40 岁左右的女性那里都听到过类似的心声。

她们踏入社会时，正值就业冰河期[1]，但仍然咬牙工作到现在。劳务派遣制员工中盛行着一种"35 岁退休"的说法，可即便是这类工作，她们依然会努力带头协助他人，为的就是续约。她们根本无暇考虑结婚生子。30 岁左右，她们遭遇

1　指日本上世纪 90 年代泡沫经济崩溃后的就业困难期。——译者（本书注释均为译者添加，下同。）

了雷曼兄弟公司破产[1]引发的金融危机，拼尽全力才保住了饭碗。

接着等回过神来，已是年近40。生活中，她们常常会被无心地问及结没结婚，有没有孩子，并且承受着周围人怜悯的目光。甚至有的中年男性口出恶言，说什么"不结婚生子的人就是没尽到社会义务，应当被削减退休金"。可她们原本并没打算单身，也没有始终将成为一名埋头工作的职业女性视作人生目标。不过她们也不想再维持现状了。

凡此种种，只要是40岁左右的单身女性，身份又是非正式员工的，听到这些想必都感同身受吧。

从她们那里，我听到了发自内心的诸多不安。

包括30岁以后逐渐下降的体力，少得可怜的积蓄，以及今后面临的父母的看护问题，还有对自身年迈、生病、孤独死去的担忧，甚至还有对是否继续租房的迷茫。我采访的对象中，有的派遣制员工还因为罹患癌症而被开除。

"受难的一代"

话说回来，笔者出生于1975年，也是名40岁出头的单身女性。到2018年1月，已经43岁了。

小时候设想过自己43岁时，已经结婚生子，孩子也上了初中。我母亲在43岁时已经育有3个孩子，老大我已经上了高中，下面还有两个弟弟，一个上高中，一个上小学。

1　即2008年金融危机。

然而，现在的我还是名单身的撰稿人，没有孩子。我并没有雄心勃勃地想要单身一辈子，也没下过决心不要孩子，可不知不觉就到了现在的境地。从 25 岁由自由职业者转为专业撰稿人算起，到现在已经过了 18 个年头。在出版业持续低迷的大环境中，我光是为了保全工作就已经拼尽了全力。

　　包括我在内的 40 岁这代人，用一句话来概括，就是"受难的一代"。

　　我们父母被称作"团块一代"[1]，我们作为这出生高峰人群的孩子，同样也是周围竞争者众多，经历过学业考试的残酷竞争。当我们踏入社会时，又恰逢泡沫经济骤然崩溃，开启了 1990 年代漫长的就业冰河期，许多同辈人都无法成为正式员工，只能作为自由职业者或是派遣制员工，想着姑且熬过这段经济不景气的时期。我也是其中的一员，高中毕业没考上大学，复读一年后放弃了升学的念头。1994 年，19 岁的我成为了一名自由职业者。

　　然而，本以为不久之后就会恢复的经济形势，却迟迟不见复苏的迹象，1997 年的山一证券倒闭和北海道拓殖银行破产更为经济前景笼上了一层阴云。裁员浪潮席卷全国，次年的 1998 年，日本自杀人数首次突破了 3 万人。

　　在低迷的经济形势下，企业为了能根据效益灵活调整员工数量，转而开始更多地招录非正式员工。随着劳动法逐渐放宽雇佣限制，至 2000 年代，非正式员工雇佣比例突破三

1　二战后日本迎来生育高峰，当时出生的孩子被称为"团块一代"，1971 年至 1974 年，这一人群到了生育年龄，日本又迎来了第二波生育高峰，即"团块后代"。

成。而现在，非正式员工占比已逼近四成。这股浪潮中，首当其冲的就是 40 岁这一年龄段的人。

恰逢"失去的 20 年"

令人忧心的是，这"受难"的状态现在仍在持续。

"失去的 20 年"用以指代 20 年的经济停滞期，而现在 40 岁这代人，从他们踏入社会的 20 岁算起，恰好和这 20 年的时间重合。

入职、立业、结婚、生子、贷款购房等人生大事恰恰就集中发生在 20 岁至 40 岁这段时期。而对现在的 40 岁这代人来说，这宝贵的 20 年和"失去的 20 年"正好重叠到了一起，不少人和就业、结婚、生养子女这些人生大事一概无缘。

由于刚毕业就碰上就业冰河期，那些原本将非正式工作视为权宜之计的男女一干就是 20 多年，许多人始终都拿着最低工资，过着捉襟见肘的生活。不仅小时工资和 20 多岁时相比没多大变化，甚至由于体力的下降，年岁的增加，不乏收入减少的例子。这样一来，他们根本无心考虑结婚生子，更别谈贷款买房了。这些父母辈在 40 岁前就大多已得到的东西，对于这代人来说，注定就是奢望。

而且让这些时运不济的人颇感辛酸的是，同时代人中成为正式员工的安定阶层却大部分已经达到了和上代人相当的生活水准。

"别把一切都归因于经济低迷、时代和社会，某某人不就成为了正式员工，事业顺风顺水，现在已经是两个孩子的父亲，繁忙的工作之余不还积极参与育儿吗"，"某某人不也工作后和同事结了婚，生了孩子后现在又回到了工作岗位上，育儿事业两不误，听说前阵子不是还买了高级公寓吗"。

可以说，这种将生活困窘的责任都归结到自身的价值观已经深深植根在了这群人的内心，毋须他人提醒。

而 40 岁的这代人中，女性现在还碰到了育龄上限这道新的壁垒。

这也是意料之中的结果，因为虽然少子化问题早已引起了人们重视，但在这"失去的 20 年"中，并未针对现在 40 岁这代人出台过任何积极的结婚生育政策。上世纪 90 年代和本世纪 00 年代，这些在日本第二波婴儿潮时期出生的人们本该迎来育龄高峰，但与之相反，日本社会的少子化现象反而在这些年日趋严峻。

就这一问题，许多人都将原因归结为"生活方式的多样化""年轻人结婚意愿的下降"等当时年轻人价值观的变化，然而，我却从周围人那里听到不少"曾经/现在想结婚"、"曾经/现在想生孩子"这样的心声。真正成为壁垒的，仍然是经济问题，因此也就导致了许多女性临近育龄上限时才开始投身婚恋活动，对她们来说，这条路上布满了荆棘。

40 岁人群相关数据

现在，就让我们来看看 40 岁这代人的相关数据吧。

首先是 40 岁年龄女性的未婚率。日本 2015 年的人口普查数据显示，35 岁至 39 岁人口未婚率为 23％，40 岁至 44 岁人口未婚率为19%。和2005年的人口普查数据相比，两者分别上涨了5个百分点和7个百分点。

接下来我们再来看一下日本的非正式员工雇佣率。

2017年，日本全国人口的非正式员工雇佣率为37.3%，其中，35岁至44岁壮年的非正式员工雇佣率为28.6%，接近三成。然而再细究下去，其中男女的比例差真是让人惊讶：根据2017年的劳动力调查数据显示，35岁至44岁男性非正式员工雇佣率为9.2%，而同年龄段女性该比例却高达52.5%。顺带补充一句，女性非正式员工中，年收入不满100万日元的要占到44.3%。

横滨市男女共同参画推进协会的网络调查显示，35岁至44岁的单身女性，身份是非正式员工的，近七成年收入在250万日元以下。可见非正式员工的年收入很难突破300万日元这道坎。

国税厅的数据证明了这一现象——2016年非正式员工的平均年收入为172万日元，其中男性为227万日元，女性为148万日元。而日本的贫困线为年收入122万日元，因而女性非正式员工的收入仅比贫困线高出26万日元，真可谓是挣扎在贫困线上了。

当然，也许有人会说女性非正式员工中，多数都是打零工的家庭主妇之类不用自立谋生的人，或者有许多都是夫妻双职工。然而2015年的劳动力调查数据却表明，35岁至44岁的单身女性中，非正式员工占到了41%，也就是说40岁单身女性中有四成都处在不稳定就业的状态中。

考虑到女性非正式员工的平均年收入，单身的生活想必是紧巴巴的。正因为如此，许多人都只能和父母同住。山田昌弘在《为避免下坠而竞争：日本格差社会的未来》中指出，日本35岁至44岁人群中，约有300万的单身人口和父母同住。山田把这个人群取名为"独身寄生族"。

在这些中年"独身寄生族"中，失业的约占一成，非正式就业的占两成到三成。

这些人的父母大约为60岁至70岁。照此下去，他们很有可能来不及自立就要面临父母的看护问题了。到时，有的人也许就会因为要看护老人而离职。

据说日本每年因看护父母而离职的人多达10万人。政府针对这一现象制定了"看护零离职"的方针，但2012年日本总务省的《就业构成基本调查》显示，因老人的看护问题而离职的有八成是女性。身为单身女性，而且又和父母同住，那所有家庭成员和亲戚都很有可能将她视作"看护主力"，再加上又是非正式员工，亲戚中肯定会有人建议她辞职。

然而，诸位清楚要照看一名高龄老人需要花费多少钱吗？答案是：546.1万日元，生活费还不包括在内。而且老人的护理期平均长达4年11个月，将近5年。

到了2025年，所有的"团块一代"都将成为高龄老人，日本将迅速迈入超高龄社会。我作为这"团块一代"的子女，父母的老去对我而言是一个巨大的不稳定因素，或者说可怕得如同一枚定时炸弹，而我的同辈中，已经有人开始了看护老人的生活。

租房审查未通过

两年前发生的一件事，更加剧了我的不安。

那就是我没通过租房审查。

房产公司的青年职员向我说明了其中的理由——可能因为我是自由撰稿人，收入不稳定。不仅如此，作为单身女性，能作为担保人的只有我父亲。然而，虽然我父亲还在工作，但当时他已经过了65岁，房产公司职员告诉我，65岁以上的老人不被认可为担保人的情况比比皆是。

自由撰稿人、单身女性、父亲过了65岁——集此三重"不利因素"于一身的我连房子都租不了，毋庸置疑，这样的现实瞬间就为我今后的人生蒙上了不安的阴云。

至今我一直都还算努力地在工作，也自以为是一名独立的单身女性。然而，就因为"父亲上了年纪"这一无可改变的事实，却使得我遭遇了租房困境，还不如我刚做自由职业者的时候，因为那时，我父亲还年轻。这件事使我深受打击。

最后，我虽然勉强租了另一套房，但像我这种自由撰稿人，若是不通过担保公司就无法获得租房资格，所以每月除了租金以外，还要额外被担保公司收取7000日元以上的担保金。就这样，像我这类人还得为自己的"社会信用度低下"买单。

处女地上的领跑者

我们这代人总感觉像是被摆在了一场"浩大的社会实验"的实验台上。

我们父母这"团块一代"中，终身未婚的是极少数，男性为9％，女性为5％。

但在未婚率持续走高的今天，对于40岁这代单身群体而言，父母的生存方式已无法复制，也无法成为参考。而且放眼整个社会，很显然种种制度都把40岁单身女性群体排斥在外。就拿退休金等社会保障制度来说，明摆着就根本没把"单身的中年女性"考虑在内。

正因为如此，我们才像是一群领跑者，在前人从未涉足过的处女地上不顾一切地飞奔。泡沫经济崩溃后，社会阶层剧烈分化，我们在这大环境中摸索试错，弄得疲惫不堪，但仍然苦撑至今。

另外，我们这代人在10多岁的时候还面临着校园欺凌的问题，也曾经通过拒绝上学、宅家、割腕自残等方式，将"生活的艰辛"暴露于世。

经历了这些的40岁女性，究竟是如何生存至今的呢？本书记录下了她们的生存历程，它也将成为一本珍贵的证言录。书中登场的40岁单身女性非正式员工的经历倘若能成为"生存"范例，那必将成为一笔宝贵的财富，对下一代大有裨益。

本书若能对你有所启迪，便觉欣慰之至。

第一章 非正式的就业形式

第一节　以录用为正式员工做诱饵让你卖命

——一边服用麻痹情感的药物一边工作的昌美

复杂的内心

　　"最近和做派遣制员工的朋友聊天，谈到派遣制员工在公司的账目上不算作人工支出，而是被列入了资产条目。当她得知这一消息以后，感觉自己没有被当作人来对待，就不想干了。非正式员工待遇低，但干得却比正式员工多。让人觉得好像低人一等似的。我现在工作的公司也是这样，我是契约工，却常常听到公司里的人对我说'想成为正式员工吧'、'想转正的话就得展示出你的干劲'之类的话。当然全怪罪在雇佣体制上也无济于事，可周围有许多朋友都是派遣制员工之类的非正式员工，一个个都精疲力竭，开始抱怨着'不想工作了'，大家都没了干劲。岂止是绝望，都麻木得感到'无所谓'了。这种情况若再不加以正视，后果会很严重的。事到如今才用转正诱使我们卖命，谁还理他们。增加这么多非正式员工的岗位，不知道他们是怎么想的。这导致大家都没心思干活，没钱去购物，最后只会演变成恶性循环，税还越缴越多……最近我听了一名派遣制员工的建议，投了两人份的养老金，支付到 60 岁，65 岁就能拿到手。每份 1 万日元，每月要负担 2 万日元。我们这种情况只能想方设法地生存下去啊。"

昌美（化名）此前在许多公司做过非正式员工，是她告诉了我这些。

她今年 36 岁。单身。现在某出版社做契约员工。编辑工作是她高中以来的梦想。然而，如此热爱编辑事业的她却在两年前开始服用心内科开具的汉方，用以麻痹情感，一边服药一边工作。她对"非正式"这种就业方式抱着一言难尽的复杂情感。我从她那里听说了她的故事。

作为派遣制员工遭遇的种种不公

昌美出生、成长在关东某县，她的就业经历要从短期大学毕业以后说起。那是在 2000 年，正值就业冰河期。那时，她对"派遣"这个词仅有零星耳闻。原本她的目标是出版社，可大型出版公司的录用条件是"四年制大学毕业生"。但她考大学的时候根本不了解这些要求。

"父母对我说，'你是女孩子，不必去上四年制大学'。我哥哥上的是专科学校，我弟弟也要上私立高中了，所以我就选择了短期大学。没想到这个决定对我今后的就业会产生如此大的影响……"

家有兄弟，女孩子的升学选择面就会因此变得狭窄。虽然这种情况不太被人提及，但的确发生在许多有兄弟的女孩子身上。我也有两个弟弟，我高考落榜后复读，后来就放弃了报考美术大学的念头。因为当时我的确有过"作为女孩子应该识相些"的想法。

昌美应聘了 30 多家公司，主要都是出版社，却都一一落选了。最后，她进入了一家小型出版公司，然而给到的固定工资只有 16 万日元 1 个月。既没有保险也没有交通补贴，无奈只能和老板提出"工资实在低得可怜"，给涨到了 19 万日元，但仍然没有社保。当她和上司提出要为自己投保时，得到的回答却是"女孩子嘛，反正都是要结婚的，不投也罢"。

……这不是发生在昭和年代，而是发生在 21 世纪的事。

昌美在这家小型出版公司工作了 5 年多，最后的 2 年还成为了正式员工，但她还是离职了。接着就开始找工作，却才意识到"派遣"这一就业方式已经大行于世了。刚开始，她作为派遣制员工在广告代理公司工作，但还是心心念念着出版行业，又跳了槽。不曾想，后来工作的这家出版社却黑心得吓人。

"原本听说工资有 25 万日元，大喜过望，就进去工作了，可 1 周都回不了家。活干不完，只能住在公司，每夜每夜都在睡袋里度过。我和父母住一起，却有家不能回，想着至少得有个能洗澡的地方，就开始一个人生活了。但自己租的屋子却很少能回得去。周围尽是些 20 出头的年轻人，都是抱着希望成为编辑的志向进的公司。虽然体力上吃不消，可没有人意识到这种工作状态太不正常了，有的只是因体力不支或辞职或逃跑的一个个同事。"

就这样，昌美因为睡眠不足引起"浑身乏力，走路都走不了直线"，最后只能辞职。后来，她又找了份派遣制员工的工作。这次的时薪是 1600 日元。每月到手 26 万—27 万日元，但和正式员工间的差距仍然让她难以释怀。比如每周三是公司的"无加班日"，但如果工作做不完的话，正式员工都回去了，派遣制员工却必须留下来加班，把活干完。"无加班日"和派遣制员工根本沾不上边。

在那里工作了大约两年后，她又被派遣到了一家大型企业。小时工资上涨到了大约 1800 日元，可大企业的男性员工对待女性派遣制员工的态度堪称恶劣。

"有人邀请你去喝酒，或者休息日去看电影，你要是拒绝的话，他就把你当个垃圾桶似的一脚踹开。他自认为作为大型企业的正式员工没有理由遭到一个'派遣制女孩'的拒绝。"

只要能麻痹情感，安慰剂也罢

后来，昌美又跳槽到了一家出版社，成为该社的一名契约员工。那时她已经 30 多岁了，到手工资约为 18 万日元。据她说入职测试的时候，面试官告诉她"工作两年就能录用你为正式员工，这两年你就忍耐一下"。

"当时觉得这条件也能接受，就入了职。可两年过去了，那名告诉我会将我'录用为正式员工'的人都被列入了裁员名单，我根本就没有转正的可能。再加上工资低，工作量又在逐渐增加，既然确定不能转正，我也就辞了那份工作。"

接着，我再次作为派遣制员工，以"数据录入"为名被派到一家公司。在那里，大量的工作都压到了我头上。

"'把这个文本写一下'，常有社员会把这类本不属于我的工作陆陆续续塞给我，自己却在 5 点准时下了班。于是我就去找部长理论说，'这正常吗？本来应该是社员分内的工作，却让我这个派遣制员工来做。是不是该给我涨工资'。结果他却说，'以前的派遣制员工都是这么干的'。派遣制员工中，也有些因为不愿换公司，会揽下所有派下的任务。所以我这边要是拒绝了，就会遭受'为什么不干？'、'之前的那个派遣制员工都会做'之类的质问。公司当然不希望有人扰乱不成文的派遣秩序，但我觉得同为派遣制员工，大家就应该团结起来对抗这类不公平现象。因为这，那份工作也被我辞了。"

后来，昌美又到了别的出版社做业务委托，仍然遇到各种不讲理的事。

"我本以为业务委托只要把交代的业务完成就可以了，这样还可以边干边做自由编辑。结果却要我每天出勤，接到的任务是约定的 4 倍。我去交涉，对方回答说'业务委托就是叫你干什么你就干什么'。我不知道公司是不了解业务委托这一雇佣形式，还是明明清楚，却佯装不知。最后，我在那家公司干了半年左右就辞职了。"

也就是在干业务委托期间，昌美去看了心内科门诊，开始服用"麻痹情感的药物"。那家公司不仅把什么活都扔给业务委托干，还有人剽窃昌美做的策划书。

"居然有社员若无其事地把我做的策划书发表出来。那时我简直难以抑制自己的愤怒，晚上睡不着，手心直冒汗，还动不动就泪流不止。服用汉方后症状有所缓和，或者说是怒气平息了下去。也许我服用的只是安慰剂而已，不过是不是安慰剂都无所谓了。"

彻头彻尾麻木不仁的"雇佣阵营"

　　虽然昌美有着很长的工作经历，但她现在仍只是某出版社的契约员工。工资和之前相比不可同日而语，年薪达到了500万日元。但是，公司内部还是存在露骨的等级差别。"有正式员工对我说，'我们一辈子都不愁钱，你努力干的话也许能转正的'。我感觉这话就像是促使我卖力的诱饵。……可我清楚，能转正的可能性微乎其微。20多岁的时候，我一直觉得只要能做上编辑，工资低一些也无所谓。但这一两年我想明白了，自己难道不是为了实现些普通的愿望才工作的吗？比如在双休日休息，睡觉，去听演唱会，买喜欢的衣服，和朋友去喝酒……我明白工作不可能百分百地满意，可就是无法理解这样不公平的分配制度。"

　　据说昌美最近和做派遣制员工的朋友们聊天时，忽然有所感悟。

　　"这些年尽听到些伤人的话，受到些不公平的对待后，似乎对别人的言语变得尤其敏感了。看，这人又说这样的话了——类似这种感觉。很难做到不往心里去。比如邻座的人对我说'明天就是社员的年会啦'。那我就会想，我又不是社员，诸如此类的（笑）。对那些没必要放在心上的话，我都会一一纠结下去。会对派遣制、契约或是业务委托这类雇佣形式变得特别敏感。"

　　昌美认为，和正式员工间的差异不仅体现在年收入等待遇福利上，还从雇佣方的言语、态度等方方面面流露出来。

"我们遭遇的尽是些鄙夷的态度。无论哪个公司都弥漫着这种氛围（笑）。一般大叔都比较无礼，会用'派遣的'、'打工的'之类的来称呼你，会问你'有钱吗'。做派遣制员工的朋友要是出现什么失误，就会被人说'你一直就是个打工的，也许不清楚'、'你不能抱着打工的心态来干活啊'之类的，把她和打工的同等对待。同辈的社员还算礼貌，不会公然表现出来，但有时也会不经意间流露出对你的轻视。比如她认识的年入1000万日元的社员，比自己男朋友还赚得多，男友为此常常叽叽歪歪，最后两人分手了。那时，她对我说'你明白比男友还赚得多是一种什么心情吗'……"

说到这儿，昌美带着平静的愤怒继续道：

"我觉得正式员工根本就无法想象非正式员工的处境。他们不明白为什么我们会如此愤怒，为什么总是在抱怨这么缺钱。公司在招募临时工时，上司关照让我在熟人里介绍些靠谱的来应聘。我问了时薪，才1000日元。不是专职主妇的话怎么能接受呢。还不如作为派遣制员工来这里干，每小时还有1500日元。我在想让他自己靠每小时1000日元的工资过过看。可他却说'只要高于最低工资标准就行了吧'。他根本不懂。"

每小时1000日元，1天8小时，每月如果算工作20天的话，那1个月才16万日元。还要扣除各种费用，到手的更少。靠不到15万日元的工资在东京独立生活该是多么艰难。相反"雇佣方阵营"享受着高收入的安定生活，对这些人背后的艰辛不闻不问。

最近，昌美在Yahoo!智囊的求助贴吧上看到的留言让她大受打击。

"有个派遣制员工分享了自己的经历，提到自己工作的公司中有人对他说'你是派遣制员工，不准喝公司的茶'。他问大家是否也这么认为。结果许多人都留言说'既然是派遣制员工，就该清楚自己的身份，自己带水壶上班'，等等。"的确，派遣制员工不是社员，不能享用公司的物品，享受公司的福利待遇，但是把界线划分得如此清晰，是不是太不留余地了呢。……我在许多地方干过，渐渐也变得坚强起来，会挥舞辞职的武器来做对抗，可还有许多人连辞职都做不到。许多人还抱着这种想法——公司的确也有不对的地方，但毕竟是我自己没能力，能有什么办法。"

正因为昌美敢于辞职，才经历了形形色色的职场，但她却表示，"我从没有对任何一次辞职后悔过"。

"真的都是受够了才辞职的。一路隐忍，忍到极限了才辞的职，根本不后悔。一些做正式员工的朋友说我缺乏耐性。我要是毕业后就成为正式员工的话，或许也会这么想。可我在不停地跳槽、经历了各种职场后就有了比较。因为有了比较，才会变得这么神经质，才会变得会让人难堪，性情也变得充满棱角来应对不公。如果正式员工对我可以行使作为正式员工的权利，那我也可以作为派遣制员工，利用自己合同上的权利以牙还牙。我只能做到这一步了。因为不这么干就不公平。我得根据不同的对象来灵活应对，否则我就无法生存。"

几个月前，昌美为自己投了个人养老金。

"刚投的，但仅仅这样就足以让我安心了。1个月要交2万日元。要是今后契约员工的工作到期后再做回派遣制员工的话，那这2万日元会让我心疼的。但像我这样的只能尽力活下去。现在加入的是厚生年金[1]，但因为相当长的一段时间我交的都是国民年金[2]，所以退休后拿到的应该不多。可毕竟我既没有存款，工作也一直这么不稳定，也不能过上普通的正式员工那样的生活……"

结婚意愿是什么?

昌美对未来怀揣着诸多不安。让我好奇的是她对结婚抱有怎样的想法。过了35岁，许多女性都投身到了"婚活"[3]中去，为的就是抓住安定生活的最后一根稻草。那昌美对此又是怎么看的呢?

"我没想结婚。从小时候起就不想。要说为什么，可能是因为父母关系不好，感觉他们总在吵架，就觉得与其这么吵，还不如一开始就别结婚。不想结婚的另一个原因就是不想要孩子，自己的生活刚能勉强维持，无法再担负更多的责任了。听周围已经结婚的人说，即便自己不想要孩子，婆婆也会给她们施加压力，看样子生育这件事单靠自己的意愿是无法左右的。自己要是结婚的话，那也得等绝经了以后吧，生理条件都无法实现了，那周围人应该也就作罢了（笑）。"

昌美说自己现在还没有男朋友，但还是希望能找一个。

1　日本福利年金，主要针对企业员工的福利，包括养老金、残疾年金以及家属年金在内。给付数额比国民年金多。
2　日本国民年金，对相关国民的养老、残疾、死亡进行必要给付的年金制度，是日本全体国民共同的最低保障年金。
3　"结婚活动"的缩略语，来源于日本，指和婚恋相关的各类活动，包括相亲、联谊、婚恋派对等形式的活动。现在汉语中也有借用该词指代婚恋活动的趋势。

"最近有些这样的想法。想找个男朋友，想找个人诉说不满。虽然不想结婚，但现在挣的钱和自己的生活直接挂钩，虽然目前拿着的是月工资，可做派遣制员工的时候要是有一天休息，那天的工资就被扣除了，少了个 8000 日元的，生活就会很紧张，所以稍微有个头疼脑热的还不能请假。这让我感到很辛苦。但如果是两个有工作的人一起生活的话，兴许其中一人还能请假休息。这叫作互助吧。如果能这样的话，那我至少觉得结婚这项制度还算不错。不过我感到依靠别人不太好。"

　　听到这，我感到了昌美心中强烈的自立意愿，她坚持认为"不能依靠别人"。可我也觉得这让她有些吃亏。当我把这想法告诉她时，她这样回答我：

　　"我没交过多少男朋友，但一般在跟人分手时，对方都会对我说，'你应该多给人些信任'（笑）。有时自己太累了，男朋友会问我'发生什么了'，我也会回答'没事，我能应付过去'。这样一来，结婚不也就没有意义了嘛（笑）。"

　　迄今为止，昌美还没依靠过她的男友。

　　"我根本不会撒娇。走在一起的时候，和他中间距离大得都能让别人通过了（笑）。撒娇示弱这种事，都没人教我。真希望有个人能指点一下啊，这在找工作时其实也都能行得通。"

　　比如在什么情况下呢？

　　"之前我做派遣制员工的公司的一名社员对我说，'找工作时，只要读一些关于简历的撰写方法之类的书，照着书上介绍的面试技巧回答面试官，准能被录用'。的确，这些我都没干过。于是我就试着照做了一次，果然就被录用了。也许因为人人都遵循这套世道规则，就我没照做，才弄成今天这样的。虽然我一直讨厌派遣制工作，但也感到自己确实存在不足，那就是我可能不具备成为社员的某些素质。"

比如呢？我毫不客气地追问下去。昌美继续道：

"比如上司要是说了不中听的话，自己能不能忍气吞声。当然我也忍了，可我辞职了不知多少回了，要是太不讲理的话，我就会选择辞职了。可那些社员却没有一个因此而辞职的。他们觉得能忍则忍。虽然我一味地指责现在的雇佣形式，但如果自己也有所不足的话，或许也不能全怪罪人家。以前，我一直认为就因为有了派遣制度，干同样的活却拿不一样的工资，才会让我们遭遇如此多的不愉快。但对社员抱怨这些，就有人对我说，'公司尝到了派遣制的甜头后，肯定不会轻易罢手，你还是别对着干了'。现在，我们这一代人中的正式员工一下子少了很多。感觉企业也总算意识到了这点，会摆出一副姿态，暗示你要是肯努力，会考虑为你转正。可一直以来我们听到了多少伤人的话语，又是怎样被人利用至今的。事到如今才转变态度，这算什么呢？"

我问昌美，要是现在的公司表示要录用你为正式员工，你会怎样？她稍作思考后开口道：

"我感觉自己可能会拒绝。……我也不确定为什么，觉得周围太多的人不怀好意。还是不愿意和这样的人为伍的想法占了上风吧。如果仅仅看中收入的话，那我会毫不犹豫地回答'我愿意'。可至今听到了这么多中伤的话语，不信任感与日俱增。不过要是拒绝的话，今后会后悔的吧。"

晚年构想

现在，昌美的双亲健在，住在关东某县，和未婚的兄长同住一套公寓。母亲还很健康，但父亲因为疾病的后遗症，行动不自由。1周有3天要去日间护理机构。平日里由母亲在家照顾。

"母亲说，我和我哥哥要是不结婚的话，就要死守这套房子。等双亲百年之后我们兄妹二人就能在那里住。就是设施老旧了，提出要我们翻新，为此让我们至少得准备好1000万日元左右的装修费。"

这样一来，至少住房不是问题。

说到双亲的经济状况，昌美说她父亲是某大型企业的正式员工，不愁养老金。

"经济上不用我发愁。这点真是万幸。当然我是打算今后帮忙照顾他们的，所以今后的担忧还是在于父母。父亲日渐衰弱，母亲忙得没有喘息的间隙，平日里积累的压力就会在我回家的时候一口气发泄出来。偶尔回趟家，一整天都在听她抱怨。我担心今后也许就无法独自生活了。父母这一代还是抱着养儿防老的观念，我感到他们寄希望于儿女在他们老了以后担起看护的重担。"

昌美说自己对晚年生活没有任何想法。

"等老了，就感觉自己像个行尸走肉了（笑）。之前和朋友谈到安乐死，我觉得这个不错，可我朋友却不能接受。但我却希望至少死这件事能听凭自己的意志来决定。最起码在死的时候，能让我有些自由。"

本书接下来登场的女性中，许多人都希望老了能住进"合租屋"。希望和同为单身女性的人共度安详的晚年。采访中每每提到这个话题，我内心都会感叹"这个主意很妙"，老了能住进"合租屋"的愿望也越来越强烈。可当我向昌美提出这个建议时，她却露出了为难的表情。

"嗯……我不太喜欢和别人接触。对我这种人来说，社区呀合租之类的，太劳神了，除此之外没有其他方式了吗？毕竟我不太善于和人交流。而且我倒觉得就是因为我不喜欢和人产生瓜葛，才会变成今天这样的（笑）。要是大家一起住的话，那不就形成了个缩小版的社会了吗，那个太费神了。所以我还是想攒些钱找个能独居的住处，和朋友住得近些就行。只要他们能想起'最近没怎么看见昌美呀'之类的，能惦记着我就足够了。"

昌美曾一度想过买公寓，但由于无法贷款只能作罢。理由仍旧是她不是正式员工。

我问她有什么梦想，她回答说"没有"。接着考虑了一会儿，又说："旅游？"

我又问如果没有金钱方面的担忧，她想做些什么。

昌美听后露出了这天最灿烂的笑容。

"我想不工作，在家和猫呆着。然后，再比如1个月见回朋友。"

啊，有些明白了。1个月见1次朋友是少了些，但我内心也确确实实存在这类愿望。

"我觉得自己必须做些什么，我是指在各个方面，这种想法与日俱增。我在想有什么方式可以实现一直独自生活，不给别人添麻烦。我还是不喜欢和别人沾边，不想再受到伤害了。说真的，社会对我来说简直像是地狱。现在我还有几个朋友，大家保持着合适的距离感，要是有些什么事，还有些能说上话的人。可再过些年，比如父母需要我照顾了，或者我没了工作，不知那时还能不能维持像现在这样的关系呢。毕竟她们也都是单身。"

＊ ＊

不想再受到伤害了。

我感到这几个字浓缩了昌美内心的一切。

包括那些迄今为止作为非正式员工遭遇不公的记忆，对以转正为诱饵来利用自己的雇主们的愤怒，同时，也包括某种程度上的彻底醒悟。

另外，她对"合租屋"让人劳神的评价也让我不得不对其重新审视了起来。

细细想来，"合租屋"的确有许多令人不安的因素。和自己喜欢的、意趣相投的人合租还好，可要是其中出了几个有支配欲的人，或是不投机的人，那这个"合租屋"瞬间就会变成地狱。想到这，我也感到无论房子多小，自己也得守住"属于自己的自由堡垒"。只是又放不下对于孤独终老的担忧……我意识到自己已经陷入了思维的某种死循环。

采访中，昌美的情绪自始至终都很低沉。

而这种低沉让我感到内心非常放松。

说来那些在就业中"胜人一筹"的人，一直都保持着昂扬的情绪，会毫不犹豫地表现自己，也给人留下了"特别爱交际"的印象。然而，我却不太擅长和那类人交往。

可是这世道恰恰就是为了这些乖巧机灵的人量身定制的，想到这，我再次陷入了沉思。

怎样才能创造这样一个社会，能让昌美这样的人不必服用麻痹情感的汉方，同时还能身心愉悦地工作呢。

这就是我的思考。

第二节　单身女性派遣期间生病该怎么办？

——来问问因患乳腺癌被终止续约的明美

查出癌症和"终止续约"

"当我向派遣公司提出请假去做手术时，得到的却是冷冰冰的回答——下个月你能上几天班？不上班可没有薪酬。可我万万没想到他们就此就不再和我续约了。"明美（化名，43 岁）向我诉说了这些。她继续道：

"所谓派遣制员工，就是不把你当人看。既不是个人也不是劳动者，而是提供服务的商品。"

她淡淡地说道，语气里没有愤怒。

现在，明美处于乳腺癌的治疗期。

她在 2016 年公司的健康体检中，被查出左右乳房都长了恶性肿瘤。经过手术、化疗、放疗后，现在正进行分子靶向和激素治疗。当她把自己查出患癌的事告诉派遣公司后，等待她的则是"终止续约"。

作为派遣制员工怀揣的种种疑惑

明美生于 1973 年，和我同为遭遇就业冰河期的一代人。

四年制大学毕业后，应聘了几十家大型企业，都落选了，后来作为正式员工进入了一家餐饮企业。工作 4 年后辞了职，靠雇佣保险维持生计的同时还学习计算机提升技能，进入了另一家公司，作为正式员工负责 OA 办公的一般事务性工作。工作 7 年后，于 2007 年辞职，理由是突如其来的减薪。

"有一年 4 月份调整工资时，自己的工资一下子少了 2 万日元，一问原因，仅仅是因为'公司就业规则发生变动'。当我质疑这次减薪不正常时，公司却称'搞错了'，返还了我 1 万日元。当时就想，什么呀，这家公司也真是的。与其呆在这种干一辈子都不知能不能涨工资的地方，还不如辞职做自己喜欢的工作。那时我才 30 出头，拥有计算机系统管理员初级资格，心想即便是正式员工，一直在那里呆下去也不是个办法。"

于是明美就辞职了。又去学习计算机，后来被一家大型企业的子公司录用为正式员工，做系统技术员。工资也上涨了，工作也很有趣。然而，正当自己想要开始努力打拼事业时，却遭遇了职场欺凌。"精神快崩溃了"，干了 1 年就离职了。

明美开始做派遣制员工的时候是 2010 年。就在此前不久，派遣制员工这种就业方式逐渐占据就业市场。

"当时，我以为派遣制员工这种就业形式可以让人通过在各类公司工作来提升技能。现在想来简直大错特错了。"

我手中有明美的履历。一长串尽是些声名远播的大型企业的名字。时薪在 1500 日元至 1750 日元。

一开始，她来到一家银行的信息策划部，但由于在前一家公司遭受欺凌造成的精神创伤还没恢复，所以并没干多久。

接下来，她来到一家外资的不动产金融企业，人际关系不错，她想一直干下去。然而开始干了 1 年以后，当她提出想成为正式员工时，原本 3 个月的合同更新周期一下子被减到了 1 个月。

"这似乎是在警告你，我们不需要想转正的员工。关于这点，我当时在面试时确实被问及是否想成为正式员工，现在才明白原来他们的意思是不雇用正式员工。这份工作虽然就这么到头了，可一想到 3 个月的合同周期突然就变成了 1 个月，就觉得实在是太过分了。"

就这样，第二家公司的派遣经历让明美心中的疑云越来越大。

"不论一开始签的合同是 3 个月也好半年也罢，到续约时，都被告知'下次合同期限是 1 个月'，干不干随你。到了第二家公司又碰到了这种不讲理的遭遇，才意识到做派遣制员工也许并不是项明智的选择。"

于是，明美就决定不做一般派遣[1]工作，转而去了介绍预定派遣公司。

所谓介绍预定派遣，就是在被派往的公司工作最多半年，如果该公司认可这名员工，就会直接和该员工签订雇佣协议。可以说这项制度给劳动者提供了通向稳定就业的桥梁。

1　指劳动者注册在派遣公司，被派遣至第三方公司提供劳务服务。

然而，这家介绍预定派遣公司介绍的工作地点距离明美家单程要花两个半小时……

"我还是坚持去上了班。心想若是这家公司不错，自己就搬家。可是那家系统软件公司实在太小了，对我来说不太理想，就没有干下去。"

后来，明美又作为一般派遣制员工来到了一家大型商社。此时的明美已经是一个集一般事务、OA 事务、营业事务、系统维护、计算机技术、簿记等多种技能于一身的人才了。另外，由于日常和国外有业务上的往来，她还掌握了英语和汇率相关的知识，但她的时薪仅有 1500 日元—1600 日元，而她本该拿得更多的。

"在大企业干得越久，和正式员工间的差距越大。"

即便如此，明美仍然觉得自己在那家大型商社工作还"挺像样"。

那时，国会出台的派遣法的修正案引起了热议。对派遣制度存在多种疑惑的明美就想深入了解这项制度，参加了免费的派遣劳动者讲座。才知道当时有这样的规定——在同一业务岗位工作 3 年以上，就必须直接雇佣。

"于是，我才意识到公司雇佣自己已经超过了期限，却没有提交申请。这违反了派遣法。于是我向派遣公司和工作的公司提出要直接雇佣。"

不仅如此，明美还发现自己做的工作和合同上规定的不符。这同样违反了派遣法。这点也被明美提了出来。

可没想到，对方给出的回复竟是"明天你不用来上班了"。

"我被叫回了派遣公司，被告知'从明天开始停止工作'。

公司还当场让我把入馆证交还。我说自己想上班，'不还'。"

第二天早晨，在明美工作的公司门前等待她的是该公司的女性社员。她要求明美归还入馆凭证。

可是，明美的工作橱柜里还放着许多私人物品，而且前一天自己的私人手机也忘在了公司。即便如此，她依然被剥夺了入馆凭证。最后取回自己的私人物品和手机已是几天后的事了。两个月的停职期间，明美的工资只有上班时的四成。

"派遣公司是不能在合同期间解雇派遣制员工的，否则就会违反劳动法，员工上诉的话它就会输掉官司。就这样，我在停职期间迎来了和派遣公司的合同期限，再也没有和派遣公司续约。"

通过这件事，明美再次痛感派遣制的"狡猾之处"。

"说到底，公司雇佣派遣制员工就是为了可以灵活调整员工数量。他们不需要那些希望被直接雇佣的人。可是在你刚开始上班的时候，他们对你说的却是'工作3年就有机会被直接雇佣了，加油干啊'之类的话。据说如果签订的是固定期限合同，那3年过后只要换个部门，还可以继续在该公司干。原来自己是被公司糊弄着一直工作，等回过头来才发现'唉，已经超出了规定期限了，也许得我自己提出让公司向派遣公司申请直接雇佣吧'，结果一说就被停职了，这些不讲理的经历一点点在我大脑中越积越多……"

派遣制员工不是人，而是商品、服务

后来，明美开始在另一家大型企业做派遣制员工，结果半年就被终止了合同。工作地有 10 名左右派遣制女员工，2 名社员。其中有个女性社员警告她"不要和其他 10 名派遣制员工走得太近""不要和她们一起吃饭"。

这让她产生了一种异样感。在那里干了段时间后她发现那名女性社员果然很"奇怪"。

比如夏天，公司里热得让人都快中暑了，她就脱下外套，却被批评说"违反了公司规定"。貌似是因为上衣里穿无袖衫的"问题"。还有一次台风天，她穿着高及脚踝的雨靴上班，又被指责为"违反规定"。她的工作是负责在桌边接电话，又不会让顾客看见。可社员却质问她为什么穿这样的雨靴来上班，弄得明美只能在午休的时候到鞋店买了双鞋换上。都做到这个份上了，可她还是被贴上了"不遵守公司规定"的标签，被终止了合同，简直荒谬至极。

"也许是因为我和其他派遣制员工说话触怒了社员吧。可就算是不让我和她们走太近，只要为了工作，总免不了说上几句话的呀……"

可能是因为他们担心一旦派遣制员工关系太密切，就会暴露她们之间的时薪差异吧。但就算是这样，这派遣制度本身的确给劳动者带来不少麻烦。疲惫感随着这些细节的披露排山倒海地向我这名聆听者袭来。

后来，明美又到了别的公司做派遣制员工，入职时明明说好做计算机系统维护，却让她干起了体力劳动，造成她肋间肌挫伤。她和那家公司签了 3 个月的合同，总共干了 1 年，由于公司一方的原因最后终止了合同。

之后她在被派遣到的另一家公司工作得得心应手，"工作很棒"，可却在 2016 年 2 月被诊断出乳腺癌。

"当我向派遣公司提出请假去做手术时，得到的却是冷冰冰的回答——下个月你能上几天班？不上班可没有薪酬。可我万万没想到他们就此就不再和我续约了。"做手术也就在医院住了 3 天，而且我还是利用带薪休假做的手术。没想到还是……"

和派遣公司的冷漠形成对比的是工作的公司暖心的态度。人事部长对她说，从 4 月份开始就业规则就会调整，也许可以不通过派遣公司直接雇佣明美。然而——

"像我这种不是介绍预定派遣的员工被直接雇佣的话，对派遣公司来说就是笔亏本的买卖。这是他们最不愿看到的情况，因而千方百计地进行阻挠。"

明美合同终止后的第二天，派遣公司又向公司派去了另一名员工。公司再怎么想要直接雇佣她，但毕竟公司和派遣公司之间签有协议。

"我的合同期是 3 个月，如果派遣公司和用人单位签了 1 年的合同，这样一来用人单位就不能违反协议。所谓派遣，派出去的不是人，而是件商品，是服务。我们不是作为人去的用人单位，而是作为商品去提供服务。所以换张脸换个人来上班用人单位也不会提出异议。最后，我得到的用人单位的回复是——'抱歉，有另一个人来顶替你了'。"

治疗癌症需要花费多少？

明美想过一边去医院治疗一边工作，然而和派遣公司的雇佣合同却停止续期了。虽然她和主治医生商量后决定专心治疗，但这样一来，钱就成了问题。

"幸好我投了民间的保险。不过对我来说最受益的还是伤病补贴。"

伤病补贴是工薪阶层、公务员等参加公共医疗保险的人在疾病、伤病疗养期间得到的补助。明美虽然是派遣制员工，但她投保过公司的社会保险，所以也能享受这类补贴。

"如果和派遣公司合同终止后再开始治疗的话，那我就拿不到伤病补贴了，所以就这方面，我经过了细致的调查后，就和医生商量决定尽早开始治疗。就这样，我最长有一年半可以拿到2/3的工资。"

现在，明美还在靠伤病补贴生活。

同时她还自己查阅了社会保险制度，办理了各种手续。

国民年金的保险费约在1.6万日元。而就明美的情况，她每月还要支付约1.7万日元的国民健康保险费。这对于失业者来说是项很大的负担。

"2016年6月，我去了办事机构，申请了减免国民年金和国民健康保险的缴费。另外，我还加入过县民共济[1]和全劳济[2]，咨询了保险公司服务窗口，办理了申请手续。"

这时，明美的账户上仅剩下几十万日元。

查出患癌和终止续约。这种屋漏偏逢连夜雨的境况如果换

---

1 日本地方性的非营利团体运营的保险机构，针对该县居民或在该县工作的劳动者，参保价格合理，保障范围广。
2 日本于2018年在厚生劳动省认可下成立的共济组织。采用保险的形式，对加入该组织的会员在疾病、事故、自然灾害等困难上予以互助。

作是我，恐怕会崩溃吧。而明美却一鼓作气地查了这么多，独自一人办完了这些手续。

接下来，她就正式进入了治疗阶段。

"虽然肿瘤很小，但据医生说'来势很猛，加上还年轻，必须好好治疗'。于是做了 3 次手术，后来又经过了半年的化疗。另外我还能找到靶点，就接受了分子靶向治疗，结束后还进行了放疗。有那么一个半月，我每天都去医院照射线。"

这堪称全套的治疗让人担心的还是费用问题。

"每月都要支付昂贵的医药费。3 周就大约花去了 18 万左右。所以我就利用了'高额疗养费制度'。"

所谓"高额疗养费制度"就是当每月的医疗支出超过一定额度时，免去超过上限部分支出的制度。支出上限根据收入和年龄会有变化，依明美的情况每月上限是 4.44 万日元。她在办事机构申请限额评估，得到评估证书后，医疗费再高也最多自付 4.44 万日元。但是，高额医疗费有时需要自己先全部一次性垫付，超出的钱款要等 4 个月以后才会返还。这个"时间差"让人十分煎熬。

这些费用暂且不说，一个人生活的情况下生了病又该怎么办呢？

明美说自己大多把日常的照料拜托给了住在附近的父母。

比如听手术说明时必须有人陪同在一边，明美则把这件事交给了父母。父母过了 75 岁了，还很健康，入院时还为她提行李。出院后，日常生活中最让她头疼的就是化疗引起的脱发。在她能戴假发外出前的一段时间，她都拜托父母帮忙倒垃坂买菜。另外她还用过网购。

明美还算幸运，住在父母附近，可单身女性中，父母家离得很远，病后无依无靠的大有人在。事实上我就是如此。我住东京，父母住在北海道。不仅父亲还在工作，母亲身体也很弱，没法放心地麻烦她为我做事。我虽然有两个弟弟，但都结了婚忙着育儿。这样想来，"麻烦家人"这条路行不通。哎，不知怎么的我开始渐渐不安了起来……

购得住房·晚年计划

再回到明美的话题。和明美的谈话中，得知她还跨越了一道坎。那就是不用付房租。原来她居然在 41 岁时就买下了公寓。

"就在两年多前，我用攒下的积蓄现金购买了一套二手公寓。"

太厉害了！而且是用现金！

"其实我是希望贷款的，可去了房产中介一问，却被告知派遣制员工不能贷款。"

果然世道对派遣制员工是那么冷酷。不过能买下公寓还真是了不起。

"也就是在东京郊外，很便宜的。将来不知道什么时候开始就要照料父母了，所以就买在父母家附近了。"

原来如此。正因为明美如此有计划性，才会在自己生病的时候得到父母的援助。

买房用的是明美的积蓄。做正式员工的时候，她住的是公司宿舍。而在买房之前，她一直和父母同住，不用付房租。顺带提一下，明美 2009 年结婚，在 2011 年离了婚。没有孩子。离婚后就回了父母家，在家和公司之间两点一线地奔波，因而就有了积蓄。

当被问及她是否做过投资时，明美说自己曾经买过股票，但从没赚过。

"我觉得要赌一把的话，光赌上自己的人生就足够了（笑）。"

明美这句话切中了现实的要害。现在的女性劳动者中，约六成是非正式员工，许多女性被迫卷入了人生的"赌局"。

明美说，买下房让她"稍感安心"。

"希望这老旧的房子能撑到我死之前。不过，解决了住房问题并没有消除我的担忧。"

国民年金的数额就是其中之一。

"我一直就是工薪阶层，虽然是固定期限合同工，但也必须干到 65 岁才能开始拿养老金养老。可光凭现在的国民年金，1 年只能拿到 77.93 万日元。就这么点根本活不下去。这个数字一直在我脑海中不断闪现。"

当我问及"晚年的打算"时，明美稍作考虑后说道：

"感觉要是我买的房子里能有个人一起住就好了。"

明美说那人可以是朋友，也可以是恋人。据她说她房子的大小还能再容纳一个人住。听来真让人羡慕。

虽然她还处在癌症治疗阶段，但已经表示"想要工作"。我采访她的时候是在 5 月份，当时她说"计划在秋天找工作"。为此，她正在学习，准备考取些资质。

"如果有社会保险劳务士[1]资格，那就具备了跳槽的本钱。我还算粗通企业内的各项事务，觉得如果再加上社会保险劳务士的资质，就是做派遣，到了50岁也应该能找得到工作。因为我估计很难找到正式员工的工作了，所以今后还要工作35年的话就必须具备相应的本钱。所以不论花多少年我也要考取这个资格。"

还要工作35年，就意味着明美打算干到78岁。如果她选择从75岁开始领取国民年金[2]，那这个数字还是很现实的。只是一想到要干到这么老，就不由得要窒息了。

我曾经听一个以移民海外为目标的日本富豪说，移民海外的日本上流人士中，"30岁"退休的人不在少数。也就是说，他们到了30岁，已经拥有了足够的金钱可供他们一辈子生活游玩。于是他早早地就宣言说——要在南方国家生活。

与此形成对比的是我们这一代人，估计大部分都得干到70岁了吧。其实就是现在，便利店、夜间餐饮店里都不乏70岁、80岁老人打工的景象，他们拿着最低工资，旁人也见怪不怪。

最后，我问明美对派遣这种劳动方式有什么看法。

"我认为在不了解这种工作方式的前提下就贸然做派遣是非常危险的。那些做着玩玩的人另当别论，这类人往往都是些'爱好高尔夫'、已婚人士之类的生活有余裕的人。所以对生活

---

1 全称社会保险劳务士。是根据日本《社会保险劳务士法》设立的具有国家资质的专业人士。从事企业内员工从入职到退职期间在劳动、社会保险、年金等方面的咨询、业务办理、劳资纠纷等广泛业务，推动劳动和社会保险相关法令的顺利实施。
2 日本养老金支付起始年龄目前最低为65岁，上限为75岁。劳动者可以选择在该年龄段内任意年龄开始领取，越早开始，到手数额越低，越晚开始，到手数额越高。

有余裕的派遣制员工和生活拮据的派遣制员工是不能一概而论的。这点必须事先弄清楚。"

不仅是派遣，现在的"劳动改革"中也有"零加班费"这类提议，看样子对"正式员工"不利的"改革"也在推进中了。

"到头来才发现，不从政治上去变革，这日子没法过下去了呀。"

听明美的语气，冷静中饱含着愤怒。

＊ ＊

通过和明美谈话，我感觉得出她是个非常努力的人。

她不仅在正式员工时期就数次提升技能，还充分利用公共资源，比如就业能力开发促进中心。

然而降临在这样努力和技能兼备的人才身上的，却是"患癌导致的终止续约"这场悲剧。要是在不久以前的日本，无论员工是正式还是非正式，只要有人患病，大家就会很担心，会对他们说"先暂时抛开工作安心养病，好好休息"，也会为他们的康复归来感到高兴。至少不太会出现"生病的人我们不需要"这种冷酷无情的态度。比起金钱和事业，更担心的是人的"生命"，这是作为人理所应当具备的人性。

然而不知不觉，这个国家就变成了将病人弃如草芥的社会了。这种情况已发展为常态，照此下去，这个社会就会不断地将"无法立刻做出成绩"的人一个个剔除出去，无论你是否正式员工。这种人人自危、担心不知何时会被抛弃的社会，至少我是无法忍受的。

另外听了明美的话，我也开始认真地对自己生活的方方面面重新审视起来。

比如作为自由撰稿人，我加入的是国民年金。就是说到退休时可以领到的钱是 1 年 77 万日元。而我又属于自营业的身份，没有伤病补贴。要是生了病，没有包括治疗费在内的任何保障，更让我害怕的是，我居然都没投保过任何一份民间保险，倒是最近想给自己的猫投一份宠物保险，做了多方调查。看样子比起猫，我应该先担心担心自己才是。

和明美的相遇让我意识到了这么多问题，内心充满感激的同时，还真开始为自己的将来忧心忡忡了。

第三节　从短工到"超级派遣制员工"

──历经 237 家公司，技能提升惊人的由佳里

转折点在 2008 年金融危机

"包括短工在内，到现在为止我已在 237 家公司工作过了。"

坐在我面前的由佳里（化名，39 岁）随口就报出这个惊人的数字。

"金融危机后，工作真是找不到，连招聘杂志不都薄得就那么几张纸嘛。还算有些短工的招聘，我就去了几家。干了 63 家物流公司，39 家事务所，28 家食品生产企业，60 家服务企业，25 家装订公司，另外还有汽车企业之类的……"

由佳里透着一种职业女性的风范，看上去绝对和短工沾不上边，让我都摸不着头脑了。现在她在 IT 行业做派遣制员工，时薪为 2500 日元。由佳里边把带来的资料给我看，边诉说着短工生活的严酷。她亲手制作的资料非常简明易懂，一言以蔽之，就是高水准。扫一眼，就能感觉出里面包含了丰富的法律知识。

她为什么会换过这么多工作，又是怎样提升技能，走到了"超级派遣制员工"这一步的呢？

听听由佳里是怎么说的。

骇人的校园欺凌

由佳里于 1978 年出生于关东某县，她的人生可以用"波澜起伏"来形容。

故事可以追溯到中学时代遭遇的"骇人的校园欺凌"。加害者并不仅仅是某个特定的学生，校长、老师也卷入其中，这种堪称"全校性的欺凌"简直耸人听闻。导火索就是她的"选择性缄默症"。所谓"选择性缄默症"就是在特定的场合失语的症状。多发于儿童，可视作焦虑症的一种。

然而，当时人们对这种心理疾病知之甚少。所以她的"缄默"被有的老师视作是在"反抗"，于是就成为了被欺凌的对象。当时正是混混的全盛期。校内的玻璃窗若是被砸碎了，大家就会把责任推到她的身上，同学们还对她恶语相向，震惊之下，监护人为这事还去过学校反映。

由佳里也因为校园欺凌，多年来深受惊恐障碍、社交恐惧症、广场恐惧症、步行障碍、创伤后应激障碍（PTSD）等后遗症的困扰。症状持续了 20 年以上，尝试了各种治疗手段后，在两年前终于趋于稳定。原来同样是欺凌，有的竟能留下如此漫长的后遗症，给人造成这么严重的伤害，为人生带来如此大的阴影。不用说，这同样给她的事业造成了负面的影响。

由佳里的缄默症状到十六七岁的时候得到了缓解。高中毕业后，她进入会计专科学校就读，有了朋友，人生终于"步入正轨"。专科学校毕业后，她开始做契约员工。然后到20岁的时候，她和相识的男性结了婚，嫁到东北地区，马上就有了孩子。

生下孩子后，由佳里一边育儿一边帮忙打理夫家的生意。然而由佳里嫁到的那户人家是族里的长房，家父长制度根深蒂固。他们理所当然地认为媳妇应该帮忙打理家族的生意，由佳里虽然顺从地一边养育孩子一边充当管理家业的财务出纳，却还是遭到了亲戚的虐待。他们还以要培养她儿子继承家业为由，把他从她身边夺走。由佳里因此得了厌食症，被逼得体重都快跌破40公斤。于是，她就离了婚。2007年，她带着年仅3岁的女儿回了父母家，而儿子因为要"继承家业"，前夫家不肯放手。

波涛汹涌的短工派遣生活

回到家乡后，由佳里开启了波涛汹涌的派遣生活。因为女儿还小，从一开始她就没考虑过做正式员工。雪上加霜的是，她女儿还入不了托。养育费一开始还能拿到大约2万日元，可前夫再婚后，就没出过一分钱[1]。

由佳里离婚后找到的事务性工作时薪为1000日元。有半年工夫，她在父母家和工作地点之间来回，后来正好她妹妹也离婚成了单身母亲，由佳里就搬去和她妹妹及其孩子们同住。

1　依照日本法律，以由佳里这种情况，前夫即使再婚，也不应免除其抚养费的支付义务，可见其前夫做法不合法。

两家人借了三室一厅的房子，2名单身母亲加上年龄相仿的3个孩子热热闹闹地生活在一起。然而2008年，突如其来的金融危机打破了这份祥和。

"金融危机一到，派遣制员工大规模地被裁员，大家都没了工作。本来上班地点就在家附近，时薪有1400日元，工作环境也很好，可这份工作也没了。"

回忆起金融危机后的那段日子，由佳里用"悲惨至极"来形容。

"反正就是找不到工作，我又没什么技能。再加上（被欺凌留下的后遗症）恐惧的心理让我都接不了电话。能做的只有短工，就去了环境严酷的工厂，那里就像是在社会底层。地方上混混很多，他们会威胁你'喂，你干什么哪，小心我宰了你'之类的，太吓人了。就算是有些规模的公司，要是短工拿了手机进去，他们也会呵斥'你带什么进来了'，然后"啪"的一声当场就砸了你的手机，太可怕了……"

由佳里说着就把自己做的资料给我看。里面列着一长串企业的名字，都是大家熟知的便利店和物流公司。

"比如某便利店的甜品工厂，规定只要上了生产线就不允许上卫生间，逼得工人边漏尿边做甜品。合同上写明工作时间是6小时，但这6小时里连去卫生间的时间都不被计算在内。我还能勉强混出去，有人做不到，真的就边漏尿边工作。有两家公司都是这样。"

在食品工厂，漏尿。真是耸人听闻。接下来，由佳里又给我看了一份资料，上面印着的蛋糕照片想必大家再熟悉不过了。

"这种果实的油脂要用手工压榨机压榨出来，油脂非常黏稠。20出头的男性工人不到30分钟手指就动弹不得了。他向社员报告后，那人却对他说'干不了就不付工资。现在就滚'。那名男工无奈只能硬着头皮干下去。我干的是另一种工作，都快得腱鞘炎了，第二天向社员提出想换一个工种，他竟在大庭广众下大声对我说，'我最讨厌说这种话的人，要不要派你去会让手更疼的地方呢'……"

据由佳里说，在那家食品工厂干的外籍工人遭受着"刑讯般的对待"。比如高温潮湿的清洗室的作业每天派的都是同一名外籍工人，没有轮岗。有烫伤危险的工作也都只会交给外籍工人做。年终年初等繁忙期都是连续工作17天。不仅如此，他们还常常遭受监工的语言侮辱——"这都干不了就回你的国家""不会说日语的家伙就别来日本"等。可即便在那样的环境下，来自菲律宾或巴西的工人仍然选择苦撑下去，还会帮着由佳里。

历经几个环境恶劣的工厂

此外，短工打工的工厂还存在无偿劳动的问题。比如合同上写明了4点下班，却被要求"干到5点"，答应后，到了5点也不见社员出现，只得继续干下去。这段时间就成了无偿劳动。在一家有20名派遣制员工的工厂，这种伎俩每天都在上演。而且让人头疼的是大家会因此错过班车。工厂大多地处偏僻，交通不便，要是错过了班车就要命了。

"好几次都是徒步回家，走到最近的车站要85分钟。"

还有的工厂要求工人上班前 1 小时到岗，那 1 个小时就成了无偿劳动。不仅如此，有的地方深夜加班都不额外支付加班费。

就在这样的作业现场，由佳里曾经"因为中暑差点要了命"。

"那是家服装厂，酷热中湿度达到 60％，气温 32 度。没有窗的封闭环境下连空调都没安装。就在那种地方 1 个月都来了 6 趟救护车。可即便如此，没有监工的许可还是不让喝水。到放瓶装水的地方来回要 5 分钟。大家都是汗如雨下地工作，手中的服装产品都沾了大量的汗水。我还去过类似的服装物流公司做短工，当时做着做着忽然感到浑身发冷，38 度左右的天却感觉冷得像是身处零下 5 度的寒冬。虽然坚持到了下班，但到了家就倒下了。接下来一周身体都动弹不得。那时要是不喝水的话，没准就死了。"

另外，由佳里还在最近颇具人气的美食集市打过工，现场的环境仍旧是那般恶劣。

"比如店门的灯泡爆炸后，都不确认食物里是不是混进了玻璃碎片就卖了出去，还把快腐烂的肉当成熟成肉[1]来卖。比如工人要是去洗菜，就会被怒斥说'哪儿还有工夫去洗菜'！只能把带着泥土的食材直接下到锅中。再比如以'没有工具'为借口，竟拿纸箱的底板来切面包。还有就是来不及烹饪，肉没烤熟就拿出去卖给人家了……"

听闻这些，不用说，原本想要去体验一下美食集市的，现

---

1 日本流行的肉类加工产品，将新鲜的肉放在指定温度、湿度条件下自然发酵，使其更具风味，外观和腐烂肉往往难以区分。

在都没了那兴致。

靠自学取得多项资质

那些短工的时薪一般都在 1000 日元。由佳里说最让她难以忍受的其实还是在那里遭受的"非人对待"。

"那里的人虐待员工的同时嘴里还不停地蹦出'杀了你''废物'之类的辱骂，真是没把你当人看。一直到现在，我还能想起上夜班的时候，一位胳膊骨折的无家可归的大叔对我说，'你可不能变成我这样啊'。在印刷工厂，工人都要把 3 公斤重的货物 8 小时不间断地往上堆。有一家被称为'地狱田中（化名）'的工厂，那里环境恶劣，任谁都望而却步，尘土飞扬，一旦进去，就得 8 个小时不停地堆货物。因为传送带在不停地运转，人也绝对不能停下来。那时，我才深切地意识到不往上爬就会死在这种地方了，再也无法忍受无一技之长的自己了。"

于是，由佳里就开始接二连三地学习起了各种技能。

最初她做的是电话客服。虽然她不擅长打电话，但由佳里说能做上客服，时薪就会涨到 1200 日元左右。现在她已经是这一行的"老手"，有时居然"1 天就能干完 1 个月的指标"，效率令人叹为观止。

她还取得了其他多项资质。

原本就持有簿记 2 级证书的她还学习了英文会计。此外，由佳里还陆陆续续考取了 IT 工程的相关资质、CAD 操作技术 2 级证书、JAVA 语言编程资格等。但她说"光有国内的这些资质还不能在国际上通用"，因而在去年，她又获得了国际标准的资质。

"我取得了 LPIC 这个世界级标准的网络工程师资质。这样一来，我的世界就发生了翻天覆地的变化。不仅时薪涨到了 2000 日元以上，派遣公司对我的态度也大不一样了。时薪 2000 日元以上就轻松多了。说话有了底气。因为现在这方面的工程师是紧缺人才。"

让我惊讶的是，无论什么资质都是她自学取得的。不仅有 IT 相关的资质，居然还获得了叉车证书。契机就是东日本大地震。当由佳里见到自己结婚时所住的街镇被海啸一股脑儿吞噬的景象，就暗地里下定决心要"为他们做些什么"，于是就有了这份证书。

技能得到提升后，由佳里的时薪也水涨船高，现在 IT 派遣制员工的时薪是 2500 日元。

"你真是努力到疯狂了。"

我不禁感叹。由佳里却说：

"应该是金融危机太严重了，都给我留下心理阴影了。没工作可做。有工作没技能又是白搭。有人介绍给我工作，面试时却被告知'有比你更优秀的人选了'。落了选，心里懊恼得不行……"

对派遣制度"物尽其用"

由佳里说现在有时会被公司问及"是否愿意转为正式员工"。

然而，她都一一拒绝了。理由是"想保证和孩子在一起的时光"。现在由佳里一个人住。儿子上高中，女儿上初中。刚离婚时跟随由佳里的女儿现在住在东北的父亲身边。她不希望女儿去上家附近的那所中学，因为她就是在那里遭受的欺凌。

　　"儿子女儿都在东北，能见到他们的只有春假、暑假和寒假。一年里能共处的就那么几天，我不希望因为工作错过这宝贵的时间，就决定一直做派遣了。"

　　由佳里还有一层顾虑，就是创伤后应激障碍的症状虽然稳定了，可毕竟不知道什么时候还会再次发作。另外还有一方面原因，那就是由佳里对日本企业的人文环境深恶痛绝。

　　"去了好几家公司，对日本企业的人文环境厌恶透了。在聚餐时遇到性骚扰，明明是自己的欢迎会，还得道歉说'不好意思，我都是阿姨了'。真的是让人厌恶。所以不太想进入企业当正式员工。"

　　这一席话引起了我的共鸣。不过没有技术，是没有底气说出这些的。

　　由佳里说她想把派遣这项机制"物尽其用"。

　　她会参加派遣公司的免费讲座，将之活用在自身技能的提升上。会把合同更新的日子尽量调整到孩子的假期，两合同间1周到2周的空当就正好安排休息。在一个地方呆久了，自身技术水平就会停滞不前，每天上班就像例行公事，而现在她能赶得上最前沿的 IT 技术。她说能在电视剧里出现的炫酷写字楼里上班让她很高兴。到了由佳里这个收入水平，只会被派去总部上班，所以据说工作环境都很优越。

　　"自己的人生堪称波澜起伏，因而对未来无法预估。所以就算是想让我当正式员工，我都无法确定能不能在一家公司呆上 3 年。虽然有人说派遣法的不是，但以我的情况，却意外地在这项制度中获益良多，无法对其加以指责。我只能找自身的责任，怪不到他人头上。"

理想的工作方式

由佳里最近开始有了在 IT 行业创业的想法。

前些日子她还参加了创业家论坛。工程师、设计师们在一起边喝酒边讨论，热烈到当场聊起了招聘和交易的意向。

"没想到还有这样一番天地，真让我跃跃欲试，都有些激动了。"

只要有能力，还可以在家办公做自由职业者。而事实上，由佳里已经应 IT 工程师朋友们的邀请，在家接任务了。年终年初那段时间，她一边和孩子们欢聚，一边在家办公。

"像这种新型的劳动方式渐渐多了起来。IT 工作就像是游牧一样，真是让人期待。只要能一直保持自由的工作方式，那我就能继续下去。让我每天朝九晚五地去公司上班，对我来说太拘束了。而现在我可以有灵活安排的空间了。下一份工作是早上 10 点到下午 4 点，时薪 2000 日元以上，再加上在家办公的工作，我就能两者兼顾了。"

对许多人来说，这不就是理想的工作方式吗？看现在的由佳里，我都无法想象这和本章前半部分讲述"短工"残酷劳动环境的是同一个人。

"在食品工厂这类地方做短工真的是太艰辛了。我还在建筑工地干过体力活，那是在某次大型活动结束后，为了拆除现场，我在那里扛过铁管，在黑灯瞎火的地方作业，非常危险，我觉得自己都有性命之忧了。只是干过这些工作后，就感到做这些事的人很了不起。没有这些人，这个世界根本无法运转。我还很尊敬那些保安，不论下雨还是雷电，都回不了家。那段经历使我对各种各样的人变得尊敬起来。"

变革中的日本工作模式

由佳里把自己获得的一切都归功于"努力"。

"我遭遇过欺凌，还被人骂过'蠢货''杀了你'，是个极其自卑的人，直到如今才爬到今天这个高度，被人称作'超级派遣制员工'，最近正式员工都管我叫'老师'。技能、技艺的提升真是让人受益不浅。一直以来，大家似乎都认为大企业工作很稳定。但我却认为还是不要在大企业工作为妙。作为业务改良计划的一环，办公自动化正稳步推进，随之而来的不就是愈演愈烈的全球性竞争吗，不仅会导致大规模的部门调整和无情的人事变动，还会出现企业间的收购和兼并。"

引发她如此思考的，是作为派遣制员工所目睹的日本企业的漏洞。

"日本企业面临人才崩溃。就因为他们仅仅想利用派遣制度来节省开支，才动摇了公司的根基。最近，我一直在进行企业核心业务系统的开发，大型服务器数据充斥着作为公司核心的重要情报，而在有些公司，只有社员才有权掌握这些内容和结构。因此如果只知粗鲁地差遣派遣制员工，结果未必是好事。最好的办法还是增加正式员工的比例，由他们来承担起公司发展的责任。而我却一直做的是派遣制员工，当然也是因为对那些公司没兴趣，才始终拒绝他们的正式雇佣。就全心全意承担责任的态度以及忠诚度而言，我作为派遣制员工是没法和正式员工相提并论的。"

＊　＊

现在的日本社会，若是对公司抱着愚昧的忠诚，没准就有过劳死的风险。由佳里持有的心态，或许会渐渐成为日本社会的主流。人们将会发挥自己的技能，采用灵活的工作方式。然而，为此就必须不停地磨炼自己的技能。不断努力是在竞争中不断胜出的必要条件。

现在，由佳里的父母都已过了 65 岁，都还健康。提及老人的看护，她说："现在想也没用啊。因为那时候的事是现在难以想象的。"

由佳里把派遣制度运用到了极致，她反复提到了"大数据"、"人工智能"等话题。采访那天，她说自己接下来要去参加人工智能的论坛。对于现在的工作和工作方式，她口中频频蹦出"期待"这样的词汇，在这跃跃欲试的态度所焕发的耀眼光芒中，我结束了那天的采访。

工作过 237 家公司，经过艰苦努力蜕变为"超级派遣制员工"的由佳里，今后将会迎来怎样崭新的工作和生活方式呢？在这里，她为我们留下了一个巨大的悬念。

第二章　40 岁女性和"婚活"

第一节 梦想在"老太太公馆"合租屋安度晚年

——经历过如火如荼的"婚活"，最后却选择与猫为伴的典子

倘若生病时无人照料，经济上无依无靠的话……

想来活到这个岁数，我还没有被"父亲以外的男性"养过。

我并不向往"专职主妇"的生活，只是当意识到年过40岁，自己还"没依靠过父亲以外的人度日"时，就总感到有些吃亏。在别人看来，这种"独立"是件好事，可为什么内心产生的却是一种隐隐的"挫败"感呢？

对形单影只的人来说，最脆弱的莫过于生病和疲惫的时候了。

莫过于得了感冒卧床不起，口粮见底，冰箱里除了酒别无他物的时候。

莫过于犯了哮喘这一陈年痼疾，却无人为自己摩挲脊背的深夜。

莫过于工作不顺心，想要大哭一场的日子。

不仅如此，当得知朋友熟人得了重病，向公司请了长病假

或辞职的时候，内心的忧虑也会抬头。

"如果这些发生在自己身上又该怎么办呢……"

每当这时，只能放空大脑停止思考，内心才能稍作平复。

而当得病的熟人是个已婚人士时，从对方那里听到的却是这样的话：

"不过还好有丈夫照料我，辞了工作也不必担心经济上的问题，可以安心去治疗了。"

这时，不安就会向我阵阵袭来——没人照料我，经济上又无依无靠，到时我又该如何是好呢？

也许正是出于这种考虑，这些年，从周围人那里听到"婚活"这个词的概率陡然增加了。

本节中我想要为大家介绍的是义无反顾地投入"婚活"的典子（化名）。她今年37岁。不必隐瞒，她是我多年的好友。

从婚恋派对到婚恋网站，从拼桌馆到街镇联谊，典子为寻觅对象忙碌至今，这段时间，她得到了些什么，又学到了些什么呢？她又为什么在"婚活"中如此狂飙突进呢？

来听听她的故事吧。

晚年的归宿是监狱？

"我觉得等老了只有去监狱呆着了。没钱进养老院啊。不过我既不想杀人也不想干偷窃吃霸王餐之类的勾当，能犯个什么罪可以不用伤害到别人，又足以让我在监狱呆到死呢？最近我就在思考这些。"

典子向我诉说她的这些想法。她住在东京，是一名自由网页设计师。

爱好是喝酒。

她每晚一边喝一边在大街上走，不知多少次因为喝得烂醉丢了钱包和手机。甚至在国外也因为喝多了遗失了护照，差点回不了日本。她还有过一次"壮举"，就是某一天她喝得酩酊大醉，回家路上，在便利店的长椅上睡着了，惊动了警察。警察还动用警车把她送到了最近的车站。

我和典子1个月至少会一起喝一次酒。有一天约好了去喝酒，结果下午5点左右，她发来消息说取消了。说是因为前几天一直在喝，让我改日和她再约。哎，她就是这么个豪爽的性子。

典子出生在关东某县。高中毕业后在东京的某设计专科学校学习，后来进入了设计事务所工作，从打工做起干到契约员工，30出头辞了职，成了自由网页设计师，一直干到现在。现在她的年收入有"400多万日元"，而在做契约员工的时候，年收入是350万日元。

典子出生于1979年，她的初中时代是《完全自杀手册》[1]成为畅销书的年代，高中时代这段青春期又赶上了"亚文化全盛期"，亚文化杂志《危险1号》[2]《宝岛》[3]等非常流行。亚文

1　该书于1993年在日本出版，作者鹤见济，用客观的手法描述了各种自杀手段，同时还涉及了自杀的惨状、痛苦程度、费用、自杀者生前经历的痛苦、自杀统计数据等各方面，旨在倡导大家要"坚强地活下去"。
2　该杂志于1995年创刊，1999年停刊，最初由青山正明担任主编，时值日本低俗趣味流行的年代。该杂志搜罗了各种有关毒品、强奸、尸体处理、变态漫画等方面的信息，一度畅销。
3　该杂志创刊于1970年代，2015年停刊。主题几经变更，1990年代转型为成人杂志。

化在她的人格塑造上产生了巨大的影响。和她在一起喝酒时，我们常常会在这类话题上聊得热火朝天。因为我比她大 4 岁，也曾经是痴迷于这些亚文化的少女。

她不仅爱喝酒，还喜欢去国外旅行，是个行动派，有时会一拍脑袋就只身跑到亚洲的什么国家去晃上一圈。她还对电影、书籍如数家珍，总是以独特的视角向我传递最新的动态。

这位典子有过一段婚姻。

30 岁的时候，她和交往了很久的男友结婚了。但在 3 年后又离了婚，没有孩子。

据说离婚的主要理由是典子"饮酒过度，不着家"。

有过这段经历的她却在 35 岁以后突然开始投身于"婚活"之中。究竟是发生了什么呢？

婚恋派对、街镇联谊、拼桌馆、婚恋网站——

"刚离婚那会儿，我就像解放了一般，尽情喝酒。可到了 35 岁左右，朋友一个个结婚生子，没有人单身了。周围已经没人像我这样过着垃圾般的日子了。"

于是，典子开始了在婚恋网站上注册、参加婚恋派对的日子。

"可是现在想来，我参加'婚活'就像走错了门。参加以后我才发现，到头来我渴望的不是结婚对象，而是怦然心动的感觉。但'婚活'却更加现实。"

想想便知，"婚活"这种东西是最和怦然心动沾不上边的，而典子好像误解了它的功能。

"'婚活'不是找男朋友的活动，而是一种相亲，是男女冷静地分析对方客观条件的工作。这类行为根本无法萌生什么悸动。人像回转寿司一般轮着转到眼前，互相交换个人信息，回答着'有'或'没有'。毫无乐趣！"

然而为了找对象，典子不仅参加过婚恋派对，还猛地一下扎进了街镇联谊会、拼桌馆等场所。可是，明明是新宿正中心歌舞伎町开展的街镇联谊，遇到的却是住在远离都市的僻远山区里的自卫队员。在拼桌馆遇到的人似乎也不如意。

"一般街镇联谊、拼桌馆这类地方就是做 100 遍自我介绍。在当时都会和面前轮过的人姑且留下联系方式的。可事后再去看，就完全和存在手机社交软件里的头像对不上了。而且，一般的拼桌馆里尽是些 20 出头的年轻女孩，个个都很可爱。我感觉自己在那里不太协调，就去了针对 30 岁以上男女的拼桌馆。可是过了 30 岁的人都只是一个劲地做完自我介绍就没下文了。"

顺便介绍一下拼桌馆。那是名为"'婚活'援助酒馆相亲屋"的连锁店。网站上介绍说男性每人每半小时收费 1500 日元，女性免费，不限时畅食畅饮。号称"通过和陌生人拼桌吃喝就能遇到新对象"，在全日本有上百家门店。

"可就有那么群男人把那里当成是找女人陪酒的地方。他们可能是觉得那里比夜总会还便宜，根本没抱着想和你交流的态度，趾高气扬地命令你'说些有趣的话题吧，你们都已经免费了不是'。与其抱着这种体验喝酒，还不如正常出点钱，就几个女人自己单独喝呢。"

此外，典子还每月支付 3000 日元的会费，注册了婚恋网站。

"那类婚恋网站才叫动真格。一般'婚活'场馆对女性都是免费的，既然女性都要付费，那看样子来注册的都是认真的。但就因为出了钱，所以那里的男性又似乎太现实了些，恨不得找个马上能给自己生孩子的女性。原本我还天真地以为会先和在网站上认识的男性约会，发现脾性相合就交往下去。结果对方上来就直接问我'会不会生孩子'，毕竟到了这个年龄了，于是就被无情地拒绝了。而来联系我的尽是些年过花甲都离过一次婚的老爷子，这才冷静下来，意识到自己的处境——原来在收费的正规婚恋市场，我的选择范围仅限于年过花甲的老人。"

婚恋市场的多余者

同辈的 30 岁男性寻找的似乎都是 20 多岁的女性。

"我对此心里也略有些数，觉得形势好严峻。到了这个年龄的女性，又不是冲着年轻帅小伙去的，而是抱着阿姨大叔凑合着过日子的想法才去的'婚活'。所以我在婚恋网站对对方条件设定得很宽，比如年龄、体型之类的。我又不一定要找年薪千万的对象，就把年收入设定在 400 万日元……"

就这样，典子见了网站上认识的几个人。可是——

"我们利用网站内的私信渠道交流了一下，互换了联系方式，觉得和对方还算谈得来。于是打算见面。结果手机聊天软件上聊得还挺投缘，一见面，却发现对方嗓音轻得一句也听不清，好几次我都要他重复一遍。模样和照片上的也不太一样……不过我也挂的是自己最好的照片，大家彼此彼此。"

这就是 40 岁女性在婚恋网站上的普遍遭遇。

如此求偶心切的典子，有那么一段时间居然还想过要去参加自己完全不感兴趣的 5 人制足球。似乎是因为她有一个根深蒂固的观念，就是"现实生活充实的人都是在 5 人制足球[1] 比赛中遇到另一半的！或者就是在皇居马拉松[2]上。"

我对此闻所未闻，可她却坚信"只要我参加 5 人制足球或是皇居马拉松，就能遇到另一半"。

典子嫌马拉松太累，就在网上查到了当地 5 人制足球队的相关信息，还去拜访过他们平时聚会的酒吧。

"一到那儿，透过玻璃，酒吧内部的情况一目了然。只见里面的人都在玩飞镖！我觉得自己没戏了。趁这些充实的人玩飞镖的当口，我若是跑上前去说'我想参加 5 人制足球'，会被人当作脑子有问题的。他们肯定觉得'那个阿姨来做什么？''来了个不正常的'。于是我就灰溜溜地回家了。"

我认为她没必要这么自虐，不过在现实生活充实的人面前，她似乎总会一味地自卑。最近她虽然参加了婚恋派对，但在自由时间，她一直就躲在洗手间里。

"那里是能望见有乐町夜景的高级会场，费用在 500 日元，我就去了。一去才发现那里尽是些精心卷过发的女子，似乎就是抱着'今天我要赌上自己的人生'的想法来相亲的。而我刚从公司下班，都没时间换衣服，一件灰色连帽运动衫，像是刚

---

1 足球比赛的一个变种，只有 5 名队员上场而不是通常的 11 名，在较小的场地比赛，使用较小的球门以及较小尺寸的足球，缩短了比赛时间，通常在室内进行。
2 日本盛行围绕皇居的马拉松练习。

从便利店回来似的。男性也都是清一色西装。而且男性还比女性少，其他男女在聊天的时候自己只能在一边等上 15 分钟才能轮到，简直坐立不安。"

那时，她才意识到——

"原来对婚恋市场来说我就是多余的。男性一个个都比我年轻，33 岁至 34 岁人着急做的事，我到了 37 岁才做，身处其中显得很突兀，像是去丢人的。"

典子爱好亚文化，还是个疯狂的电影迷。而那些参加有乐町婚恋派对的男性多是工薪阶层，典子和他们根本聊不到一块儿。

"在那里要填写兴趣爱好卡片，多数人的兴趣都是 5 人制足球。爱好电影的人喜欢的电影是《世界末日》。哎，聊些这个还能勉强接上话茬。一个人聊 15 分钟。聊了一半铃响了，然后换人。再问下一个人'兴趣爱好是什么?'，回答说'高尔夫'，我只能问'在哪里打高尔夫?'，感觉整个过程空虚无聊。"

有一次，参与者被要求写下眼下自己感兴趣的事。典子就填上了"筑地搬迁问题[1]"。而其他人则都填写的是"提高高尔夫球成绩"等私人话题。

"才发现'哦，原来是让我填这个呀'。正好是筑地市场搬迁问题中新市场的填土问题引起热议的时候，我就郑重其事地写下了这个时事热点话题，才发现自己理解错了。"

我总觉得这段小插曲正象征了她和周遭环境某些相龃龉的

1　即东京筑地市场搬迁问题。1935 年开放的筑地市场战后随着交易量大幅增加，日显狭窄，经多次讨论，后决定搬迁至江东区丰州。

立场。

有了男友却……

就在"婚活"进行得如火如荼的时候，典子有了男友。不是在婚恋网站，不是在街镇联谊，不是在拼桌馆也不是在婚恋派对，而是在经常光顾的酒吧遇见的他。

"36岁那年，年末两人开始交往。他愿意和我交往让我很开心。找到恋人就是我的目标，我本以为那样就会幸福，可没想到这只是个开始。结果越交往就越发觉得痛苦……"

对方从事的是建筑方面的工作，比典子大约大3岁。典子不仅和他话不投机，他还背负着"贫穷"这一大问题。

虽然两人去看过一次电影，但和他约会都只是"在公园喝水"。不知不觉，包括我在内，周围朋友都把典子的男友戏称为"公园喝水男"了。

贫穷轶事还不仅仅指这一件。来典子家留宿的时候，也不知是不是为了节约水费，他居然过分到专门带来了脏衣服，用典子屋子里的洗衣机来洗涤。此外，他还带过电饭煲煮饭，做上班吃的便当，典子冰箱里的食材他也拿来随便吃，总之，就是最大限度地利用了典子家的生活必需品。使得典子在他来的时候都向他收起了电费，这和怦然心动简直相差了1亿光年。

最后，没到1年典子就和他分手了。

"到了36岁，就会产生一种焦虑，觉得再不摆脱单身，人就一天天地老去，到头来就没人再对自己感兴趣了。"

我问她为什么如此着急，是考虑生孩子吗？

"和生孩子没关系。"

那么，究竟是发生了什么呢。一问才知道，在她身上发生过的几件事，让她不得不面对"年龄"这个残酷的现实。

年龄的壁垒·单身的壁垒

还是在典子 36 岁的那年，在她有男友之前。回家路上，有名年轻男子和她搭话。当时也是因为典子已喝得烂醉，就让那名男子进了屋。就这样两人还亲热到"半途"。

"对方是 24 岁弹球房的店员，当时有种从未体验过的感觉，心想'我的人生中居然也能有如此充实的体验'。然而就在他临走时，他问我，'对了，你几岁了?'，我说'36'了，他居然撂下一句'啊? 都 36 啦!'就摔门而去了! 虽然原本心里就隐约有数，可没想到老阿姨居然这么讨人厌。也就是打那以后，我对自己的年龄焦虑起来了……"

"年龄"问题在她今后的人生中都投下了阴影。

比如有一天，典子喝得烂醉，回家途中差点被疑似"强奸魔"的人袭击。要是在以前，她肯定会先跑为上，可典子却对自己 36 岁的年纪有种"负罪感"，不禁问起强奸魔"你几岁了"。对方回答"35 岁"。

"你不介意吗? 难不成我看上去那么年轻? 我内心现在其实还挺激动的哦。"

据说强奸魔听后就落荒而逃了。问强奸魔年龄对方居然逃跑了。或许这是对付强奸犯的一种新武器吧。

对了，典子对自己的晚年有些"打算"。那就是本节开头提到的"去监狱"。

"我总觉得还没等有积蓄自己就会得上阿尔茨海默病。而且现在的工作也不知能干到多少岁，自由职业者生活又没有保障。明天要是东家不需要我了，我就没有工作了，也就没有了将来。就是要进养老院，也没有个能把我送进去的人。所以也只有去监狱啦。不过犯个杀人罪也太离谱了，吃霸王餐或者盗窃又对不起店家。要说做些尽量不伤害别人的事，那只有在皇居周围裸奔啦。就当是在生活充实者的圣地弥补年轻时错过的皇居马拉松的遗憾吧。

典子的父亲已经退休了，和母亲二人都很健康。未婚的姐姐和他们同住。关于二老的看护问题，她"还没做过考虑"。

"现在只能说对此视而不见了。我始终在父母目前还健康的现实中埋头当鸵鸟。"

现在，典子已经找到了"新的单身朋友"，和她们一起喝酒，到海外旅行。

"这算是互助会一般的单身团体吧。"

典子或许对"婚活"已经感到疲惫了吧，最近她养起了猫。

"和人呆在一起让人感到厌倦，会被人叫成单身老阿姨，所以就想着还是和不会说话的动物一起过日子吧。"

于是，典子浏览了一些为收容所里的猫招募收养者的网站，寻觅一同度日的伙伴。可就连这里也横着一道"单身"的壁垒。

"他们因为我单身，就认为我不可靠，拒绝了我的申请。这件事也让我心里有些受伤。连猫都不让养。所以就只能花钱买啦。"

半年前，典子花了 15 万日元将一只苏格兰折耳猫品种的小公猫买回了家。

"特别可爱。比起在帅哥男招待身上花钱，这个岂不是性价比高许多吗？"

要说是不是养了猫就一改一边喝酒一边逛街的习性，倒也没有，回到家还是深夜。现在，她对结不结婚已经"无所谓"了。

对日本男性的心里话

我问典子："作为单身女性，你对这个国家有什么希望？"她稍作思考后回答："有个幼稚的建议，就是希望政府为女性支付美容费用。男人不都可以素面朝天地去上班吗，只要刮个胡子，刮胡刀在百元店也有卖。他们剃光头也没人说。可女性要是也这样就会被开除。女性应该打扮得漂亮些去上班已经成为了这个社会约定俗成的常识，这样一来就得去美容美发院，去化妆。可女性的收入比男性还低。我现在用的可是药妆店最便宜的化妆品哦。可因为每天都要用的……所以这方面的花销不少。另外女性还必须购买生理用品。既然社会要求女性要保持漂亮，那就请支付美容补贴。"

典子购买了健康保险，却没有投保养老金。

她有许多话想对日本的男性说。

"《传说中的东京杂志》这档节目居然在星期日的白天播出，让我觉得受不了。其中有个名叫'试试看'的栏目，那不是大叔们取笑年轻女性不会做饭的节目嘛。一面叫人烧酱煮青花鱼，一面却拿日料店里的酱煮青花鱼为蓝本，甚至做得比日料店的更胜一筹。而且那个菜谱里还堂而皇之地用到了'一半的蛋液'！主妇见了这节目，若是想在晚饭做这道菜可就麻烦了，她们就会为剩下的另一半蛋液犯愁。这节目里的菜都是男性用来满足一己之欲的，却拿它在无法做出这些的年轻女性面前显摆，简直太恶心了。要是换作《三分钟厨房》[1]这类节目，他们就会介绍多余蛋液的妙用。现在这年代，对性别的传统认识已经被逐渐颠覆了，而这档节目居然还没被取消，长盛不衰。每次在周日听到节目里大叔们的笑声，我就萌生出想去泰国之类的地方快活度日的念头。"

说来，典子曾和我一度热聊起"移居海外"的梦想。

"现在我还是有这个梦想。泰国或者马来西亚。可是以现在的积蓄，不，应该说以我这种没什么积蓄的状态是去不了的。只能是不切实际的幻想。"

现实的梦想

对于典子来说，她现在最现实的梦想就是"上缴滞纳的税款"。

"最近我账户里的工作酬劳被冻结了。没想到还真会被冻结，让我大吃一惊。本想把剩余没上缴的税金今后一点点缴上的。目前我的梦想是不得痴呆症。一个人生活若是得了阿尔茨

1　该节目实际时长为 10 分钟，专门介绍家常菜。

海默病的话，说不定就会干出放火这种事。我住在集体住宅里，可不想干那种事，但要是痴呆了的话做什么都由不得自己啊。就是现在，我还因为喝醉了丢过钱包、手机，甚至还丢过护照回不了国。虽然我意识还清醒，可已经有一半糊涂了。如果因为糊涂不能自控，到头来给人添麻烦，那索性还是安乐死为好。若是可以的话，我还是希望政府能制定让人可以自由选择生死的制度。

不过要是因此造成大量人员自杀可就麻烦了。但我说这些绝对不是鼓励自杀或是想要自杀。而是希望在病入膏肓之前意识尚存的状态下，人能够自由决定自己的生死。这比起我做饭忘了关火引发木质公寓火灾，还把别人的命搭上要好很多吧。毕竟现在的我就已经有过在罗森便利店睡死过去的经历，还招来了警察。若是再过几年，没准就会在罗森吃着点心，一边大小便失禁一边呼呼大睡了。20 年以后还会更严重的。"

虽然典子对未来的预期过于消极，但换作我，内心深处也的确存在着对认知症的恐惧，我想这点谁都一样。但问题在于有谁能注意到单身人士身上发生的这类情况。当然在得认知症之前可以去养老机构，可这要花钱。况且目前这种"要排上几年才能住进养老院"的情况下，许多人都是在家受家人的照料，可高龄独居老人又该怎么办呢？

余生的构想

话说回来，对于晚年，除了去监狱，典子似乎还有一个"理想的晚年场景"。

"我希望能建立一个'老太太公馆'之类的合租屋模式。和养老院还不太一样。大家一边一起喝酒一边讨论'今天做熏肉吧'之类的。里面有人会做味噌汤，有人会腌菜，集中了老太太们的智慧，每周可以开家庭派对，这样一来就算是单身，晚年也会很快乐的吧。"

　　典子说着说着，兴致就变得高昂起来。脑海中"老太太公馆"的构想渐渐发酵。

　　"那里有的老太太会酿梅酒，有的会种花，有的会缝衣服，有的熟悉花语。可以在所有的门把手上都套上手工缝制的套子，可以在蛋壳上作画。总之老太太们可以想做什么就做什么的。这就是汇集了各个老太太智慧的'老太太公馆'！太欢乐啦！"

　　典子认为，这"老太太公馆"里不可或缺的就是卡拉OK了。

　　"在客厅装个卡拉OK，每天老太太们都举行卡拉OK大会！到了下午茶时间，喜欢做甜点的老太太就可以发挥特长，而对红茶等香草茶有研究的老太太就可以帮忙泡茶。那里就是老太太们实现梦想的天堂。白天大家一边追剧一边轮着用美容仪美容，如果可以的话就以连看50部海外电视剧为目标。"

　　那为此建立一个"老太太互助会"，从现在开始就积累资金怎么样？

　　"老太太互助会，现在正在招募伙伴啦。虽然互相之间也会吵架，但只要建立预算，每月派一次帅哥来，类似脱衣舞表演那样的，估计矛盾就会平息了。可以卖些手工首饰、手作味噌汤来筹集资金。希望政府也能援助'老太太公馆'啊！"

＊ ＊

我们就在对"老太太公馆"的热议中结束了采访。

我们俩常常会像这样开些"女性聚会",互相诉说对将来和晚年的不安,最后喝醉了就去卡拉 OK 唱歌,忘却各种烦恼。

典子现在还在参加些"婚活",只是不像以前那样积极了。

我和典子有很多相同点——40 岁,自由职业,养猫,单身,尤其喜欢聊"木岛佳苗[1]"。最重要的是,我们俩住得还近。

看样子得先考虑和她缔结"预防孤独死协定"了。

---

1 2007 年至 2009 年,日本首都圈发生多起中老年男性离奇死亡事件,死者都与木岛佳苗有过交往,2009 年 9 月嫌疑人木岛佳苗被捕,调查发现她对多名被害人实施过婚骗、盗窃、谋杀。2017 年日本最高法院终审对木岛佳苗判处死刑。现仍作为死囚,被关押在东京看守所内。关押期间,木岛佳苗还写博客,结婚,并出版了自传体小说《礼赞》。

第二节 "等他老了，我愿意为他换尿布吗？"

——40 岁女性华子的"婚活"纪实

如果美女去"婚活"……

大家听说过《如果美女去"婚活"》这部漫画吗？

正如标题所提示的，这部漫画描写了美女的"婚活"经历。主人公是 32 岁的女白领金子。遭遇了几任男友的不忠诚后，心神疲惫的金子开始向往"安定的婚姻生活"，便投身"婚活"。可因为长得漂亮，要么被人当成是主办方的"托"，要么就被自己完全不感兴趣的男性追求，总之进展颇为不顺。再加上期间她因为生病辞了工作，无业状态下就更加全身心投入"婚活"了……

本节中介绍的华子（化名）也有类似的经历。虽然已经 45岁了，但年轻得看不出年龄。华子在服装业工作了 17 年左右。然而近几年公司业绩下滑，发不出奖金，年轻社员一个个跳了槽。公司的员工住宅的租金也从每月 2 万日元上涨到了 5 万日元。华子也想过要换工作，"可应聘了好多家公司，都没被录取"。

2016年夏天，因为"跳槽不顺利，还没有男友，希望生活有所改变，就想着要不开始参加'婚活'吧"。也就在1年后的2017年夏天，我采访了华子。

顺便提一句，华子和《如果美女去"婚活"》中的主人公类似，有着10多年的不伦经历。20多岁到30多岁这段时间，她和一名已婚男子交往了12年。

拥有这般美貌的华子不知为何对自己的评价却很低，她根本没有活用自己的"美貌"，采访中，好几次我都忍不住感慨"太可惜了"。

期望对方年入700万日元

"刚开始'婚活'的时候，我对自己的工作非常厌倦，换工作也进展得不顺利，想辞了工作做专职主妇，可很少有男性喜欢这样的女性。于是我就想最好还是每天朝十晚五地上班，双休日休息，像做兼职一样，还能照顾家里，能怀上孩子当然希望生下来，努力抚养大，但也不是迫切到要去做试管婴儿的地步，而是希望顺其自然。"

坐在面前的华子说起这些时像是在重复背得滚瓜烂熟的台词，或许是"婚活"参加多了的缘故，她变得善于直截了当地表述自己的情况和愿望。

华子加入的是某大型婚姻介绍所。入会费要11万日元，每月还要交1.5万日元的会费，据说这样的收费对于这家婚姻介绍所来说算是"公道"的。

她之所以愿意下狠心投入这么多，就是因为这家介绍所规定入会的男士有义务提供就业证明、收入证明和单身证明。

我还是第一次听说单身证明这个东西。据说政府办事机构会开具这样的证明。

女性也必须提供单身证明。女性的收入采用自愿填报的形式，但必须出具最高学历证明。华子也去了自己毕业的大学领取证明，还在指定的照相馆拍了照，注册了这家婚姻介绍所。征婚条件的设定上有年龄、身高、学历等多个选项，华子则要求对方年龄"从同龄到58岁之间。矮个胖子秃子都无所谓"。她在意的还是对方的年收入。

华子说："对于收入我完全没有概念，只是听说夫妻年入800万日元，生活会相对稳定些。所以考虑到婚后工作节奏会放缓，我就把对男方的期望年收入设定在了700万日元。"

年收入700万日元是个不低的门槛。不过婚姻介绍所的电脑上跳出的符合要求的在册男性中，光东京就有560人。华子说到这里时，表情豁然开朗了起来。

"我太吃惊了！我在新闻里听说现在40多岁能结婚的有没有1/10的概率都是问题，本以为符合条件的一个都没有，可没想到这么多。当时我就下决心要加油！"

于是在过去的1年中，华子见了11名男性。然而结果却不尽如人意。

见的第一个人年收入700万日元，47岁，打扮得"惊人地邋遢"，穿了身像睡衣一样的衬衫来见面。头发也乱蓬蓬的，那直勾勾地盯着自己的眼神让华子感到瘆得慌。

第二名男性年收入也是700万日元，是独立编程师。可在咖啡馆和他聊天时，却发现他说话舌头都不利索，压根就不知道他在说什么。

寄希望于占卜师

这 11 个人中也有让华子心动的。理由就是因为对方看了照片，说自己"可爱"。

"这辈子还不太有人说我'可爱'，仅仅因为这句话就让我心动得不能自已了!"

唉，明明自己是个美女，仅仅因为这句话就有必要这么心动吗？也许邻座的华子的朋友真由美（化名）看出了我的心思，她补充道，"华子对自己评价很低"。是真由美把华子介绍给我的，两人从大学时代开始就是朋友。华子继续道："就因为这句话触动了我的心弦，想要努力和他交往，可这人却怎么都不来联系我……"

后来，两人还是见了面。对方是离过婚的 50 多岁男性，两人喝完茶后还去吃了饭，第一次见面就谈了 6 个小时。

"那次见面聊得非常开心。于是决定一定要和他好好发展。"

然而两人却没了下文。主要是因为和对方联系不上。就算是定了见面的日子，前一天半夜就会收到取消的短信。华子对他的了解仅限于名字和短信。这时，华子把希望寄托到了"占卜"上。

"占卜师尽说些吉利话。他说我和那人性格吻合度达100%，说我俩有缘分。于是，我就去了好几个占卜师那里咨询。包括当地的塔罗牌占卜、熟人里做占卜的，还有新宿有名的占卜师。每到一处，得到的回答都是'我和他有缘。只是对方很忙碌，不太有工夫恋爱。但他把我视作恋爱对象'。"

占卜师还让华子去参拜"恋爱之神·东京大神宫"，华子还真去了。

看来，"占卜"在华子生活中是不可或缺的一个组成部分。占卜对我来说是个完全未知的领域，可显然对于华子来说，占卜师的话颇具分量。

虽然华子照着占卜师的建议去做了，可对方还是联系不上。发出去的短信虽然显示"已读"，但就是没有回音。

这回，华子咨询了电话占卜，对方建议她"把自己的现状用类似广告邮件群发的形式发送信息告知他"。于是，华子就坚持照做了。不仅如此，她还邀请过对方去吃顿简餐。可短信上仍旧只显示"已读"，就是没有回音……

"我感觉自己是被对方轻慢了。就因为想和这个人发展下去，为了节省会费，我还暂停了婚姻介绍所2个月的会员。我把这个情况也告诉了他，结果信息还是石沉大海。最后，我决定听听男性占卜师的意见，就打电话咨询了一下，占卜师建议我断了和他发展的念头，我才放弃了。"

回过神，发现自己"已超龄"

采访中，华子的"天真"渐渐让我不安起来。比如我开始担心她会不会遇上婚骗之类的。

后来，华子因为工作忙，有两个月没去参加"婚活"了。

再次启动"婚活"是在 2017 年 5 月。她和婚姻介绍所相识的男性约会了几次，可就是没什么进展。

当初，在临近 44 岁开始"婚活"的时候，她本以为"1 年以后就会结婚"。

"婚姻介绍所让我'制订计划'。还列出了一张时间表，说尽早找到对象结婚成家，1 年以后就可以怀孕了。实际结果却是举步维艰，毫无进展。我还想过去献血做些对人有益的事，却被告知'血红蛋白太低，不能献血'。都不能为别人做些什么。于是就想还不如死了算了（笑）。"

华子自嘲般地笑着。据她说自己工作的公司也处于危机之中。

"昨天我去仓库，发现那里贴了张纸，写着'某某的送别会'。心想，真的吗？那两人都辞职了？公司再赚不到钱真的就要倒闭了。大家都在辞职，特别是年轻员工，一个个地走了。有人问过找到下一份工作的女孩，是营业岗位，月收入是按年龄计算的，26 岁的她每月就有 26 万日元。说实话，比我挣得都多。我很吃惊她居然能挣这么多。可是我上了年纪，跳槽就不方便了。也许只能去做视频博主了。对晚年担心得不得了。"

说到这儿，华子像是打开了话匣子，心里话决堤似的倾吐了出来。

"我可是全力奋斗到今天的呀。在严峻的就业形势下好不容易找到份工作，一点一滴地证明自己，终于感受到了认可时，已年过 30。那段时间根本无暇考虑结婚，一路狂飙至今，可公司却让我现在去'帮衬年轻员工'。虽然我内心觉得自己宝刀未老，可还是服从安排去全力扶持新人，即便内心还是隐隐怀揣着不满。心想要不还是去结婚吧，但这个社会告诉我，40 岁的女性已经没人考虑了……"

我理解她。这些话我再理解不过了。特别是现在 40 岁年龄段的女性，她们受泡沫经济崩溃的影响，从踏入社会起就饱尝辛酸。华子在进入现在的公司前也去过创业公司，干过固定期限的短工。在就业困难的大背景下以打工的身份进入现在的公司，一直干到正式员工。在"光有干劲却没有工作"的年代里，她们这代人不得不在就业道路上迂回辗转。

到了 30 岁，她们好不容易在工作上受到认可，因而在那个年龄根本无暇考虑结婚生子。我真的从太多的 40 岁女性那里听到过类似的经历，还从她们那里亲眼见证了因金融危机而居无定所的现实。她们只能拼命努力，等到了 40 岁终于开始考虑结婚时，这世间却以她们"已超龄"为由对她们冷眼相待。

"同龄男性中希望有孩子的，在参加'婚活'时都希望女性在 20 岁至 38 岁之间。还有人自己明明都已经 40 岁了，却要求女方年龄在 20 岁—30 岁……"

邂逅年入 2000 万日元的男性

然而在这时，华子迎来了转机。

那是在 2017 年 7 月。婚姻介绍所中，有名年入 2000 万日元的"超高端"男性表示"想要见面"。

在约定见面的那天，她计划去琵琶湖中的竹生岛。因为占卜师说那里是"风水宝地"，华子一定会在那里"得到命运的启示"。华子虽然觉得这个行程太紧迫，但考虑到和年入 2000 万日元的男性最多也就喝个茶，于是就决定乘坐当晚的夜行巴士前往竹生岛。

然而……

在酒店咖啡吧等候的男性（58 岁）让华子"心生好感"。两人不仅喝了茶，对方还邀请她去吃烤肉。接着甚至直接把她带去了自己位于市中心黄金地段的高档公寓里，两人在那里共度了一夜。这是多么紧凑的戏剧性发展啊！

华子有些害羞地继续道："我就在那里住了两夜，现在我们还在交往。没必要去琵琶湖了（笑）。很高兴，但进展太快让我大吃一惊。我想和他结婚。对方也直接抛出橄榄枝，说'对我动了真心'。没想到他真的喜欢上我了。"

对方是公司老板，离过一次婚。有孩子，不过都已成人。还有，再啰嗦一遍，对方年入 2000 万日元。

不过，就算是年入 2000 万日元，58 岁的话还有 2 年就到花甲之年了。虽然现在 60 岁的人都还健康，但看护问题仍叫人担心。当我把自己的担心告诉她时，华子说："我考虑过这点。是这样的，我会考虑对方是不是值得我下定决心照料他的晚年。之前的'婚活'中，对那几个关系有所进展的人，我都考虑过这个问题，我问自己是否愿意将来为这个人换尿布。"

"你说真的？"

我和真由美都不由得探出身子异口同声地喊起来。"婚活"和"尿布"。这两个给人印象相差十万八千里的词汇，却是 40

岁女性"婚活"中必须面对的现实问题。

"我可从没考虑过这些，"听到我和真由美这么说，华子微笑道，"我觉得自己是个会为对方尽心尽力的人。"

我愿意为他换尿布吗——面对这个难题，华子给出的答案是"我会照顾他"。

总觉得华子的决心令人佩服，可是对方的哪一方面让她下了这个决心呢？

"还是因为他直言不讳地表示喜欢我。"

真是个单纯的人。不过如果对方已年近花甲，那他的父母想必也已高龄。很有可能结婚后就会面临对方父母的看护问题。当我问及这个，华子说："我想法比较守旧，既然从了夫姓，那就是对方家的一员了，对方家人既然接纳我，那我就会照顾他的家人。"

多大的决心啊！21 世纪竟然还有这样的女性！据我所知，许多参加"婚活"的女性内心都希望对方"父母双亡"，可华子却抱着照顾对方父母的心理准备。不过从另一角度看，正因为如此，华子的善良和单纯仍然让我有些担心。

她的父母还健康，华子说目前还不必担心他们的看护问题。

她和年入 2000 万日元的男性交往才 1 个月。

我从心底里希望她能幸福。她的单纯和善良让人打心眼里想要祝福她。

"40 岁一代"抽到了贫困的下下签！

在这里顺便提一下华子的朋友真由美。

真由美今年 45 岁，是一名自由网页设计师。

大学毕业后，她在传媒相关行业工作，但工作太辛苦，患了抑郁症，于是离了职。后来，她做过契约员工，十几年前成为了自由网页设计师。

她同样愤慨地感叹"现在 40 岁的这代人抽到了贫困的下下签"。

"我从 1999 年开始做自由职业的，一开始还能勉强维持生计。因为互联网泡沫经济时期，到哪里都能找得到活挣得到钱。但后来，我挣得就少得可怜了。不论怎么干都弥补不了劳动的贬值。工作量没变，可收入却在渐渐减少。真觉得自己居然还活得下去是一件了不起的事。虽然别人对我说干自己喜欢的工作就加油干下去，可是付出的努力和回报不成正比。虽然一面安慰自己做自己喜欢做的就可以了，但实在累得身心俱疲。低廉的报酬都让我对自己产生了怀疑——我的劳动就值这些吗？"

这种感受我太能理解了。我也知道金钱不是一切，但有时自己的劳动遭受的压价真的会让我失去干劲。可我又难以对此提出抗议。毕竟是自由职业者，最怕接不到活，只能保持沉默。

"我痛心地反问自己的劳动难道就值这点价值吗？我感到这点回报代表着世人对我的评价。一想到这，就觉得无比沮丧。想来父母在我这个年龄都买房成家生子了。即便现在的境况或许不是我一个人造成的，可我还是很低落，质问自己到底在干什么?"

真由美的父母都很健康，靠厚生年金生活。哥哥是医生，在老家，他让真由美放心，说父母他会操心的。

"所以父母的看护问题还不用我担心。没了这方面的负担，我才能将生活勉强维持下去。父母也安慰我说'我们虽然没法照顾你的生活，但我们俩不用你操心'，所以即便报酬低得吓人，我仍能凑合着过下去。我在想就凭自己现在这样，什么时候才能让父母放心呢? 我真怀疑自己是不是毫无价值。想到晚年的生活，就觉得自己还是别太长寿为好。"

和真由美同时开始相同工作的人中，有许多都转行了，这也加大了她的不安。

"多年前大家都辞职了。有的跳槽，有的结婚靠丈夫的工资生活的同时，还打些工。事业上没有未来真叫人难受，因为连梦想都没了。"

真由美和华子都在萨莉亚见面。

"因为便宜。饮料是畅饮的。除萨莉亚之外就是那不勒斯意面店。那里实惠，量还足，600日元的意面配上100日元的炸火腿。我都有10多年没去酒吧了。在幽暗的酒吧喝酒都是2005年以前的事了，这可不是在开玩笑。"

这一个个活生生的细节难道不具有强大的说服力吗?

真由美还提到了"卵子老化"问题。

"现在才跟我提'卵子老化'都是废话了。就算是冷冻卵子，40岁以上的人医学上是不推荐的。不仅花钱还给身体增加负担。各项条件要求很高，可成功率只有10％。到今天这个份上了才提醒我'卵子老化'，太晚啦。无可挽回了。"

＊ ＊

40岁这代女性，20岁刚踏上社会时就被抛掷到了经济低迷的旋涡中心，30岁时拼死挣扎着寻觅自己的安身之所。到了40岁回过神来，才意识到自己已到了"卵子老化"的年龄。然而，我们年轻的时候根本不知道这些知识。要问我们如果知道会怎么办，我们也不能确定，但"卵子老化"这个词的的确确一点点地戳伤着40岁女性，时刻提醒着她们那已"无可挽回"的流逝的岁月。

不过，这还是我第一次和同辈女性开诚布公地谈论"卵子老化"问题，我和真由美、华子约定"下次一起在萨莉亚聚餐"。

到那时，我再想仔细听听华子的恋爱动向。

第三章　背负着艰辛前行

第一节 "拟态[1]"成功的原心理疾病患者夕蝶

——靠最低生活保障费[2]生存，品尝到"普通人"的幸福

阔别 10 年的重逢

"我竟然成功实现对正常人的'拟态'了。说实话，我都没想到会这么顺利。你看我恢复得不错吧？毕竟以前因为抑郁症早晨 6 点才能入睡，而现在却是早晨 6 点起床去上班。之前我还去了横滨八景岛海洋乐园。像个充实的普通人吧？我这到底是怎么了（笑）？"

夕蝶说着就呵呵呵地笑了起来。

我认识她是在 10 年之前。那时她 20 出头，骨瘦如柴得叫人担心，一身惹眼的朋克装束。她曾抵触过上学，说话间时不时蹦出"自残""过度服药"等字眼。是一名所谓的"心理疾病患者"。那就是当时她给我留下的印象。

---

1 动物具有类似周围环境、其他动植物形状、色彩或姿态的现象。此处引申为心理疾病患者向正常人的行为靠拢。

2 日本有最低生活保障制度，也称"生活保护制度"，是日本一种对穷人和各种弱势群体直接发放金钱的社会福利，资金一半由地方各级政府列入财政预算，另一半由中央支付。

然而现在——

出现在我眼前的是一名身着"办公室白领"风格服装的优雅女士，33 岁，作为契约员工从周一至周五朝九晚五地上班。为了接受采访，她预订了位于涩谷的高档餐吧，老练地点起了"重酒体葡萄酒"、"蓝纹干酪加蜂蜜"，丝毫看不出过去"心理疾病患者"的影子。

她把这个变化称为"拟态"。

这 10 年间，在她身上到底发生了什么。她有着怎样的过去，又展望着怎样的未来。夕蝶的故事为我提供了"'心理疾病患者'的生存范本"。

夕蝶是本书登场人物中最为年轻的，还不到 40 岁，应该算是 30 岁出头，但她的经历对于所有处在艰辛中的女性都颇具参考意义。

"心理疾病患者"猛增的 90 年代

想来我自己在 25 岁之前也深受心理疾病困扰。

初中时我因为校园欺凌而开始自残。社交恐惧症让我饱受自杀念头的纠缠。高中毕业后开始独立生活，那时又开始过量服药，久久无法摆脱生存的困境。

总之，那时我完全看不到生存下去的曙光，也对自己能否顺利走完人生的道路没有丝毫信心。加之打的工简单得人人都会，可自己却动不动就被开除，我感到这是世人在告诉我"不能再活下去了""你没有活着的资格"。

我生活最艰难的是 20 出头的那几年，就是 90 年代后半期做自由职业的那段日子。

而且那时，我周围"心理疾病患者"的人数暴增。进入 00 年代后，随着网络的普及，他们就在自杀网站或者自残网站之类的地方结识，然后约定线下聚会。

参加聚会的多是年轻人，男女比例为 2 比 8，女性占压倒性多数。大家的手腕上都排着密密麻麻的伤痕，随身的大药盒里装着精神科开具的处方药，他们往往大量服用这些药品。后来，他们其中好几个都自杀了。死因大多是服药过量。有的服药后呕吐物堵塞了喉咙窒息而死；有的因为长期服药过量，身体衰弱到极点，吞下大量药物后引发了心脏病猝死。

到了 2003 年，这其中的一部分人开始通过网络组织集体自杀，并又引发了连锁反应式的自杀。他们通过网络募集结伴自杀的同伴，约定好租车去深山等地区烧炭自杀。2004 年的男女 7 人集体自杀事件备受关注，而次年，通过网络约定集体自杀的死亡人数就攀升到了 91 人。

不给年轻人生存余地的社会

而我在 2000 年 25 岁那年开始写作，并开始尝试将作品出版，才将人生这条大船调了个方向。从 15 岁左右开始持续 10 多年的自残行为也在这一阶段终结。也许正是因为我通过"写作"获得了一丝生存的希望，才使自己生存的困境得到了缓解。

2006 年起，我开始全力关注劳动和贫困等问题，就是因为自己曾经经历过心理问题，又目睹了一直无法摆脱人生困境的一个个活生生的例子，那一个个在自责中了断自己生命的同龄人。他们自责自己的无能，自责自己的生命是给人添麻烦，不该活下去。而一开始，我以为这些都是"个人的心理问题"。

当然，个人的心理问题的确是一大原因。她们大多有着被同学欺凌、被父母虐待的经历，有着复杂的原生家庭。然而当时正值90年代后半期，恰是日本传统的雇佣模式崩溃的年代，裁员浪潮席卷全国，社会叫嚣着"成果主义"，竞争变得异常残酷，而有自杀倾向的人数陡然上升的现象也正是出现在这一阶段。

在自杀的人中，有的被工作指标压得喘不过气来患上了抑郁症，有的在职场遭遇了严重的欺凌而闭门不出，也有人在超级就业冰河期中找工作连续遭遇了挫折，还有许多人和我一样是自由职业者。不稳定的生活和贫困现状轻而易举地就动摇了人们心中安定的基石，对此我深有体会。

而另一方面，正式员工的环境也日趋恶劣。当时企业竟堂而皇之地一味要求员工拥有"不论干多久都不会倒下、不论多么不讲理的权力压迫都能承受的战斗力"。和现在不同，当时许多上一辈人都没有意识到曾经的雇佣体系正在急速崩溃，认为自由职业者"懒惰"，指责在暗无天日的劳动环境里忍无可忍而辞职的正式员工太"娇气"，要求他们"无论遭遇什么困难都至少咬紧牙关忍上3年"。在这种将责任归结于个人的社会环境中，许多年轻人的严峻情况遭遇了漠视，不知不觉患上了心理疾病。

从某种意义上来说，只有"患病"、只有给自己按上某个"疾病"，才有资格从残酷的劳动市场撤下来。就这样，在

"生存门槛"急剧抬升的 90 年代后半期到 00 年代，我周围的许多年轻人都选择避世。社会从此迈进了年轻人难以生存的时代。

正因为我也有过切身的体会，因而我感到年轻人的生存困境和自杀问题不仅仅是出于世人所谓的"软弱"，而是对种种社会深层结构问题的反映。于是我在 2006 年开始围绕劳动和贫困问题进行了采访调查。就是在那年之后的 1 年到 2 年，我在某个自由职业者的游行示威中遇到了夕蝶。当时游行的口号是"让我们活下去"。

然而后来我和她渐渐疏于联系，等回过神来，发现这次重逢竟和上回已相去十余载。

"心理疾病患者"后来的人生一直让我牵挂于心。现在，我还只是风闻他们之中的某某"自杀了"、"住院了"、"在家闭门不出"，却很少听说他们哪个"结婚了"、"工作了"的"好消息"。有时，虽然知道其中的某人结婚了，但也只是听说她成为专职主妇在家闭门不出。和男性宅家不出不同，女性往往和父母同住，常常被"在家帮衬家务"这一魔法般的托词掩盖了闭门不出的真相。而且这一群体数量应该相当庞大，她们后来的人生变成了什么样呢？

正当我思考这些的时候，有熟人对我说，"夕蝶现在和普通人一样在工作哟"。

"和普通人一样"这个词听起来总让我感到弥足珍贵。

丁是，就有了我们的这次见面。

夕蝶于 1983 年出生在关东。

从小学起她就遭遇欺凌。初中开始，她就拒绝去上学。初中二年级，她加入了自由学校[1]。在那里，她考上了高中。可"为了不和欺负自己的孩子上同一所高中"，夕蝶选择了离家单程一个半小时的学校。后来她主动申请退学，进入了函授制高中，并在那里参加了大学入学资格鉴定考试[2]。之后，她又上了夜间高中。"结果我高中一直念到了二十二三岁"。如果不遇到欺凌，原本 18 岁她就能毕业。可想而知，欺凌这种事对人生会产生多大的影响。不过，这些曲折的经历也带给她许多收获，比如自由学校的朋友。

顺便提一句，夕蝶从高中开始就去精神科就诊，21 岁时得到了精神障碍者 1 级手册[3]，手册上的疾病名称为精神分裂症和边缘型人格障碍。1 级患者可享受每 2 个月 18 万日元的年金补贴。

现在夕蝶在国营的电话客服中心上班。

"昨天正好是合同更新面谈，已经定下来续约 3 个月了！现在我已经连续在那里工作满 3 年了，以前还从没有工作过这么久！"

1　课程、教授方法具有高度灵活性，学生可自由进行选择的学校形态。
2　通过该考试的考生具备参加大学入学考试的资格。
3　精神障碍者经医师出具诊断，递交相关材料后获得精神障碍者手册，分为三个等级。根据各等级可相应享受由地方自治体、企业等提供的一些补助、税费减免、医疗补贴等相关政策。

夕蝶高兴地说。"取得各项资质后"，小时工资为 1300 日元。从学生时代就"擅长应试学习"的她阅读了数量惊人的法律相关书籍，参加考试后顺利通过了，非常不容易。

靠生活保护制度摆脱原生家庭

然而，夕蝶一路走来，绝非顺风顺水。

她从初一开始了自残行为。25 岁前她的第一份工作是商店营业员。可是"抑郁症一发作就什么也干不了"，每份工作都没干多久。当时她和父母同住，可夕蝶同他们关系并不融洽。

"父母太严厉，虽然不会使用暴力，但总是过度干涉我。父亲是公司职员，母亲是专职主妇。母亲自从我开始自残后，受影响也患上了抑郁症。我和父亲关系不好，母亲又有抑郁症，家庭关系也好自己这边也罢，都搞得一团糟。当时觉得我要是继续在家呆着，没准就会发展到和家人互相伤害的地步了，可自己又没有积蓄可以离家独立生活……"

当时，夕蝶咨询了"独立生活援助中心·舫船"组织，该组织旨在帮助生活陷入困境的各类人群，比如无家可归者等，协助他们办理生活保护申请的同时，还扶持这类人群获得独立生活的能力。一些精神疾病患者若与父母同住导致病情恶化，这个"舫船"组织还会想方设法为他们实现独立生活牵线搭桥。

"根据医生的诊断，我和父母的关系是我精神问题的最大障碍，认为我不能继续同父母同住了，建议我暂时离家。于是我决定搬出去独立生活。"

然而，夕蝶这种没有积蓄的情况又该如何独立生活呢？当时她就用到了生活保护制度。夕蝶有精神障碍者手册，还有医生开具的"离开父母生活"的诊断意见，再加上"舫船"组织的援助，就顺利领到了生活保护费。原来生活保护制度还有这样的用途。

"就这样我开始了独立生活，不过还是和他们住在同一市区，有个什么事就能赶到他们身边。这项决定对我帮助很大，首先我可以专心保护自己了。接着我开始找工作，一开始只能坚持做1个月左右，后来渐渐能坚持2个月、3个月了。"

生活保护制度往往会引起误解，让人以为这就等同于不必去工作。但其实这项制度在给人以最低保障的同时还会致力于指导那些有工作能力的人实现就业。而在就业后有了收入来源时，生活保护费的给付就会相应减少。当收入超过生活保护费时，就停止给付了。夕蝶是为了能离家独立生活才领用这笔保护费的，但她想尽快摆脱受其救济的状态，于是积极地投入电话客服的工作中去，两年后工作趋于稳定，顺利从生活保护制度的保护范畴里"毕业"了。

在这以后，夕蝶过上了一段安定的日子。并且在25岁左右，她还通过纹身告别了从初中一年级开始的自残行为，这就像是对自残进行的一种告别仪式。

"纹身是最痛苦的，我自从做了纹身后就再也没自残过了。"

然而，25岁以后，她又接二连三地遭到打击。那就是她的两名亲密的朋友在仅仅1个月内相继了断了自己的生命。

"两人相继去世了。那时实在难受得无法工作，不仅中断了和朋友的一切联系，还关闭了所有的社交软件。因为我见到人时，就会深深地恐惧，担心这人不知什么时候也会死……于是我再一次领用了生活保护费。这次我自己提出申请，说自己现在的状况无法工作。之前已经学到该如何请医生开具诊断了，我就让医生将当时的症状如实记录了下来，比如'外出时遇到的人都像是我的敌人''一想到什么人会死去就无法入睡'之类的。"

我一边聆听夕蝶的讲述，一边佩服她的知识和行动能力。许多人在自己濒临崩溃、无法工作、无法行动时，都不知道该采取什么样的措施。他们隐约明白这样的状态若持续下去，生活将难以维持，可就是不知该如何自救。然而夕蝶却不同，她曾经在社工的协助下领用过生活保护费，这次她虽身陷低谷，却依然为保全自己果敢地行动了起来。

原本当遇到困境、无法工作、没有收入来源以支付租金时，走投无路的夕蝶面临的只有回父母家一条路可走。可她却事先了解了生活保护这项制度，行动起来让医生出具诊断，领到了保护费，从而能避免做出对自己不利的选择。我一直以来都关注贫困问题，目睹了太多案例，深切感受到了对公共制度的信息和使用方法的掌握与否往往决定了一个人的生死。我认为像夕蝶这样了解制度，及时让医生开具诊断，果断而正确地采取行动，才是"生存的能力"的表现。也希望学校务必让学生知晓这类信息。

契约员工也获得出差机会

当夕蝶度过了这段最艰难的时光后，她开始工作，目标是成为正式员工。她进入了一家人才外包公司。可是这家公司有些地方让她"实在看不下去"。

"比如当迟到的人是外国人时，就有人指责那人说'你是中国人，所以迟到了'。这句话光听听就觉得胃疼了。我从生理上就抗拒这种环境，于是辞了职。"

后来，她作为派遣制员工去做了电话客服，可这回却遭到了解聘。于是在 3 年前，她来到了现在这家电话客服中心。

"连我自己都感到惊讶，没想到能干上 3 年。"她笑着说。看来工作环境还挺舒心。

"我是公司创始期的员工。这里最大的好处就是员工里有50 多岁的阿姨，对我百般照顾，还会和我分享餐饭，不必去聊结婚或恋爱的话题。而且还不强势。"

当然，能坚持下来这份工作和她自身的努力是分不开的。

"我处理投诉很在行，所以受到器重。毕竟我唯一的优势就是能说会道啊（笑）。比如先用职业用语安抚对方说'我很理解您的心情'，接着用一句'是这么回事啊'拉近和对方的距离。总之这个工作让我充分发挥了自己的才能。活着的话就会遇到许多可能性（笑）。再接下来，我打算为了续约，挑战一下自己不擅长的人员排班。把必须做的分内事做完后，还协助他人的工作，听凭差遣（笑）。"

也许是因为她的努力受到了认可吧，最近，她还以契约员工的身份去其他地方出了差。

"我本以为电话客服中心不会有出差，但这次让我去东北出了差，教会了后辈许多技能，我也成为前辈啦。能做到培训后辈这个位置，真的给了我很大的自信。现在若是进了新人，我还会在一旁指导工作。从这个意义上来说，我是被人信任的。这是平生第一次受人信任并且被交付任务。正因为有了那么多第一次，我才能坚持3年。"

第一次过上"普通人"的生活

夕蝶在谈论工作时，"工作很愉快"的心情溢于言表。她说现在同事还邀请她休息日一起去跳肚皮舞。

"每周六上午去，每次90分钟。每次都跳得肌肉酸痛、汗流浃背。感觉现在的日子是有生以来最为充实的。"

她继续道：

"这3年真的突然就变得健康了。现在的单位里，接线员都很好相处。虽然上司会刁难人，但同事之间都很团结。我现在还担任公司聚餐的联络人呢（笑）。厉害吧？和普通人一样吧？"

目前，夕蝶的烦恼就是"节食"。这个烦恼再普通不过了。

"和以前相比，饭量完全没有变化，可身材就像是吹了气的球（笑）。回想一下，一直到25岁，自己都因为心理疾病的折磨骨瘦如柴。我身高167厘米，可那时只有43公斤。看来因精神问题流失的卡路里不可小觑啊。也就是说我现在是心宽体胖了。"

夕蝶感慨地说道。

想必医生也对夕蝶的康复很是惊讶吧。

"医生的确也很惊讶。首先他就没料到我会在一个岗位上连续干上3年。医生说我'努力过头了'。不过我现在有带薪休假，觉得状态不好的时候就申请休假，虽然很少有这种情况。每月出了排班表后，如果发现有些排班自己应付困难，我就会在那几天请一天假。这样一来，就可以在工作和身心健康间取得平衡，放松一下了。"

正因为夕蝶有病在身，才学会了在工作中和自己身心保持交流的生存策略。在压力重重的现代社会，这同样是所有人必须掌握的窍门。

休息日，夕蝶会洗洗涮涮，把平日积攒的家务干完。电话客服中心的工作做久了，有时双休日就懒得说一句话了。

"我们这里是国营的电话客服中心，所以会碰到在电话那头说个没完的投诉者，偶尔还会遇到连续一两个小时在电话里批评安倍政权的人，这样一来，到周末就一句话都不想说了。"

电话客服中心的工作在某种程度上说就是需要没完没了地去承受劈头盖脸而来的怒气。虽然安倍政权同夕蝶没有任何关系，但批判安倍政权的人通过电话投诉使心中的愤懑得以平息。可他或许根本没想过，电话那头倾听者的精力居然能被他的抱怨消耗得周末说不出一句话来。

不过，就算是在这样的工作环境中，夕蝶仍旧顺利地迈向康复，据说她的精神障碍者手册等级马上就可以下调至2级了。

"我希望能尽量下调障碍等级。到了2级，年金补贴就是每2个月13万日元了。我希望尽早摆脱生活保护，所以一直很努力。拿着保护费，我总感觉很过意不去。虽然许多人理解有病在身的人领取生活保护费也是无奈之举，但我还是觉得很不好意思。所以在领取生活保护费的同时我还接受了职业培训，参加了医疗事务考试。"

"不想孤独地面对死亡"

现阶段让夕蝶担心的就是"会不会就这么单身下去"。她说最近她注册了婚恋网站。

"我还是想要结婚的。我希望生活能安定些，两人工作总比一个人工作更稳定吧，而且生活费也可以平摊。对另一半最大的要求就是人品，还有价值观是否吻合。我没有特别想要孩子。我这个人不喜欢在家做专职主妇，或者说在家呆着容易变得抑郁，所以最好还是一周能工作3天左右，就希望生活伴侣的收入和我的加起来能足以维持生计。"

关于伴侣的年收入，夕蝶只字未提，只是希望对方的收入能允许自己一周工作3天，她看中的完全是人品和价值观。据说她现在和婚恋网站上结识的人已经约会了数次。对方是同龄的个体经营户，两人还一同去过横滨八景岛海洋乐园。

家人对夕蝶的变化也喜出望外。

"上个元旦，我回父母家，父亲说：'夕蝶你基本都恢复正常了，让我太欣慰了。'在一旁听着的母亲和妹妹都眼泪汪汪地感叹'太好了'。我和父母的关系也许从没这么好过。就因为和他们分开生活，到了元旦我才能喜笑颜开地回家。"

目前，夕蝶还不用考虑父母的看护问题，但她的父亲得过癌症，母亲的抑郁症比夕蝶还严重。

"对父母的看护问题还是让我很担心。比如如果母亲倒下了，虽然我和父亲关系不好，但我还是会回家。母亲现在还能做家务，但每月都有那么几次什么都干不了……父亲理解母亲的病，现在母亲状况不好的时候还能指望父亲，可要是父亲不在了，母亲抑郁症病情恶化，我就必须担起责任了。"

此外住房问题也令夕蝶很担心，现在单独租住的房屋是通过担保公司租赁的，租金6万多日元。

"还有其他中意的出租屋，但因为是契约员工，没有资格租住。父亲已经退休了，在做顾问，不能做担保人。还好现在的房东比较通融，可即便如此我还得被担保公司收去4万日元。"

这和我的经历如出一辙。我们都因为父亲无法做担保人，再加上非正式员工的身份，在租房上一下子就多了一道难以跨越的壁垒。不仅是我，相信许多人都强烈地预感到若任由这种情况发展下去，必将导致难以挽回的结果。

夕蝶也在认真地为晚年生活做打算，以应对将来的不确定性。

"现在我不仅参保了民间保险，还加入了厚生年金。若是将来时薪再涨些。我还想购买缴费预定型年金[1]。我现在已经和正常人一样了，不必去'拟态'了（笑）。"

关于自己"理想的晚年生活"，夕蝶表示"希望能有个伴。不想孤独地面对死亡"。

而另一方面，她也有个想法——希望单身女性们集资买一套大房子，建立一个能容纳单身女性的老人之家。

从小学起就备受欺凌，10多岁起开始自残，朋友自杀后还

---

1 日本的养老金制度，事先规定每期缴纳的保险费数额，但最终的支付额度不确定，而是根据年金的实际运作情况事后确定支付的数额。

曾一度跳轨，幸而用力过猛，翻到了轨道另一边，捡回一条命——经历如此坎坷的夕蝶现如今终于迎来了安宁的日子。

我问夕蝶，回顾自己十几岁的时光，现在的她对当时的自己有什么想说的。夕蝶稍作考虑后说道：

"至少我想告诉那时的自己'没事的。就照这么走下去，将来必有出路，或许眼下很痛苦，但最终都会没事的'。这些话我也想对现在身处困境的人说，想告诉他们要将保重自己放在第一位，其他一切都建立在这个基础上。我也是在家待不下去后选择了专心自保，接着再一点点增加力所能及的事，接着就慢慢好起来了。这都多亏了一个人生活，有了时间和心情去思考自己该做些什么才能好好活下去。你看我恢复得很棒吧？所以我希望他们不要否定自己。希望他们不要盯着自己不能做的事，而是关注自己能做的。能维持现状不就等于能变得更好吗？"

* *

夕蝶一定比任何人都明白"普通人生活"的可贵之处。不知为何，我坚信她可以抓住属于她自己的幸福。

同时，当我脑海中浮现出那些逝去的人们的音容时，就会在心中暗自对她说——谢谢你能活下来。

第二节　小学毕业的无敌原宅女、自由职业者佳奈

——"月入 8 万日元也完全过得下去"

省钱的生活

"我每个月收入 8 万日元也完全过得下去。现在我住在男友家里，每月不用我付房租和水电费，日用品和伙食费用由我负担，男友是靠奖学金过活的负债人士，工作还不稳定（笑）。如果是自己做饭，一日三餐在家吃，煮上米饭，用 1 公斤 300 日元的干豆子做成咖喱、汤或者沙拉，那一天的伙食费也就 300 日元左右。我不去美容美发院，都是自己剪的头发（笑）。也不买衣服。每年的服装支出包括袜子在内也不过 2 万日元。每年的化妆品费用包括防晒霜在内也就 2000 日元左右。我也不用化妆水。就用清水洗脸（笑）。"

面前坐着的佳奈（化名）豪爽地笑着说道。虽然她说自己"什么化妆品也不涂"，可素颜的肌肤却美得通透。

"如果不用化妆水也能过下去的话，那我随时蹲班房都没问题啦（笑）。"

佳奈不小心说漏了嘴，又笑了起来。

初中一年级开始拒绝上学

　　佳奈生于 1981 年，接受采访时她 35 岁。

　　现在，她每周 3 天去熟人的公司打工做些事务性的工作维持生活。她的主业就是所谓的"劳动运动活动家"。在日本有许许多多的工会组织，无论是谁，哪怕是自由职业者，甚至是以个人身份都可以加盟。佳奈就在其中的一个工会担任劳动咨询。而那里的工作没有收入，纯属志愿服务。

　　她的经历与众不同，她本人自称是"小学毕业的原宅女自由职业者"。她出生于关东某县，父亲是工薪阶层，母亲是专职主妇，有一个哥哥。父亲在佳奈小学的时候就单身去外地工作，可以说她从小生活在"母子相依为命的"家庭中。

　　从初中一年级第一学期开始，佳奈开始拒绝上学。此后她再也没有重返过义务教育的课堂。

　　"在学校我没有遇到麻烦，也没遭受什么欺凌。学校比家里开心多了。只是我生性爱反抗，学校不适合我。不过也是因为家庭环境让我倍感压力所致。"

　　压力的来源在于母亲。

　　"母亲一直都在抱怨父亲。从小学开始就这样。她不对哥哥说，就只对我抱怨，比如埋怨说'我生孩子的时候他都没来医院''孩子一哭就让我去安抚''下班后一个人偷偷去玩弹子机'。她成天只会抱怨，对丈夫积怨很深。"

　　无论母亲抱怨什么，父亲始终我行我素，游手好闲。母亲也不愿看到佳奈和父亲关系融洽，因而从佳奈小的时候起就将她置身于对父亲的怨恨之中。就这样，佳奈 13 岁时突然得了抑郁症。

"于是我就上不了学了。我当时对母亲特别逆反，在家总是扔枕头靠垫之类柔软的东西，像是在造反（笑）。去医院看病是后来的事了，但我感觉是在 13 岁时突然得的抑郁症。"

就这样，佳奈从初一到 16 岁一直宅在家中，不愿出门，偶尔会去图书馆借书。另外母亲在附近寺院打零工，到了 14 岁左右佳奈有时也会去那里帮忙。

和年轻"活动家"们的邂逅

佳奈 16 岁时，生活迎来了转机。她为了参加大学入学资格考试，开始上自由学校。这对她而言是"摆脱宅家的第一次"。

"去了以后果然发现比在家开心。有了朋友还能参加入学资格考试。那里每个月要 5 万日元，有些贵。所以经过入学资格考试后就不再去自由学校了，然后为了考大学，我决定去补习学校。"

然而，在补习学校，佳奈再次出现了拒绝上学的情况。

"和初中上不了学时的感受一样，一去学校状态就不好，出不了门了。于是就花了几年时间在家努力学习，可我感到就算考进了大学，自己也无法去学校上课，于是放弃了考大学这条路。"

就这样，从 20 多岁开始，佳奈再次开始了宅家生活。

"从那以后直到二十五六岁的那段时间，我都窝在家中。

只不过时不时还会去打打工，不打工的时候就闭门不出。"

而在 2007 年的那年，大约 25 岁，佳奈的人生迎来了转机。在自由学校朋友的邀请下，她参加了"《宪法》茶话会"。在那里，她邂逅了同辈的"活动家"和那些热心关注社会问题的人们。

所谓"《宪法》茶话会"，就是大家在一起讨论《宪法》的聚会。有的聚会由一些右翼倾向的人组成，呼吁"修宪"。而佳奈参加的是持自由派观点的年轻人举办的集会，主张"维护《宪法》"。

2007 年是社会贫富差距加大、年轻人的贫困和"网咖难民[1]"等问题开始受到广泛关注的一年。佳奈参加的"《宪法》茶话会"围绕第 25 条的"生存权"和第 9 条[2]中的问题展开讨论，吸引了许多年轻人的参与，大家讨论得十分热烈。

"不过一开始我去参加这个'《宪法》茶话会'，是出于对该聚会的怀疑，担心朋友是不是上了什么宗教组织的当。觉得万一发生什么就必须阻止她。可一去发现大家都是严肃认真的同龄人，也是在那里，我平生第一次遇到了热心劳动运动的自由职业者、女性主义活动家，还有关心社会问题参与各种社会运动的同龄人！"

他们一个个都一边打工一边在自己关心的领域，志愿参加各类社会活动。其中最让她欣喜的就是和那里的人说话"十分

1　指因种种原因失去住所，白天外出打工，晚上在廉价的网咖等地过夜的人，是"贫困的劳动者"的表现之一，当时成为日本的一大社会问题。
2　日本《宪法》第 9 条被称为"放弃战争"的"和平《宪法》"。其中的"战争权"问题一直以来引起多方讨论。

投缘"。

"我自己也只上过小学，重复着宅家和自由职业的循环，一直处在对前途的不安中。有时认为是自己造成了这一切，有时又觉得错不一定在我，这两种声音始终在心中纠缠不清。我也曾隐隐感到这背后有社会问题这方面的深层原因。而'《宪法》茶话会'里讨论的正是这些社会问题。我本就讨厌把什么责任都推到个人头上的论调，而在那里，大家都曾遭遇过这样的'个人责任'论，并将之摆上桌面讨论，感到既有趣又深受触动。"

从那时，佳奈就开始参与自由职业者的游行，参加由"心理疾病患者"或残障人士参与演出的"破碎者盛典"。在那里，有过拒绝上学和宅家经历的人们大胆地分享自己的过去。佳奈在那里接触到了另一种"文化"，那里的人们"虽无法过上正常人的充实生活，却仍可以挺起胸膛尽情谈论自己的病情、贫困和不安定的工作"。

出现在眼前的群体——"贫穷却活得自由快乐"

就这样，2008年成为了佳奈现在活动的基石。那年她开始参与由自由职业者组成的工会。最先碰到的就是五一国际劳动节的游行会。这个工会组织非常难以捉摸，平时他们也开展正经的工会活动，不过在一年一度的五一劳动节，他们会倾注巨大的精力举办节庆般的游行，并以当时"日本最新潮的音响游行"而闻名。他们在卡车上搭载音响设备，工会会员则担任主持人播放音乐，在大街上营造出派对般的气氛，想方设法来吸引人们的注意。

"去了游行会，我立刻就感到'这就是我想要的'！就好像是让我领悟到原来还有这么多'失败'的成年人，那我应该也活得下去了（笑）。虽然我根本不知道集会的人们平时都干些什么工作，但在那里，他们所做的既不能变成所谓的金钱、技能或是权力，所说的话也对自己的将来毫无益处，却依然认真又执着。比如大家会讨论该制作什么样的人偶参加游行（当时流行在游行时摆出几米高的巨大人偶），再比如会有人冷不防来问我这个素未谋面的人'去不去欧洲'（当时日本工会会和海外工会之间以短期交换留学生的形式互派人员参与对方国家的游行）。这都让我深受触动。我感到自己来到了一个全新的世界，和我此前生活的世界感觉如此不同。曾经我满脑子以为学生时代就必须去上学，成年后就算是做自由职业者，也必须尽量去工作，可那时我才发现原来生活中还能有别的事可干，太让我震撼了。"

当这些"贫穷却活得自由快乐"的群体出现在她眼前时，佳奈当场就决定加入这个工会，开始参与工会活动。被解雇、被拖欠工资、不给加班费——每天人们会带着在工作中遇到的种种问题来工会求助。佳奈于是拼命学习《劳动基准法》，以应对大量的咨询，甚至负责起了和用人单位的交涉。

那么，这种劳动咨询究竟是以怎样的流程展开的呢。

"首先劳动者会打来电话，会员会向他们说明工会的基本情况。咨询者理解后就会办理加盟手续。工会随后就会通知用人单位该员工已加入工会组织，并提出团体交涉的请求。"

顺带补充一句，劳动者加入工会就意味着"团体交涉权"

开始生效。当个人遭遇解雇或欠薪时，以个人的名义无论怎么和用人单位交涉，公司若是拒绝就意味着山穷水尽。但若是加入了工会，"团体交涉权"就会当即生效，公司是无权拒绝工会交涉的。对于不受用人单位保护的自由职业者等非正式员工，这种能以个人名义加盟的工会无疑会成为他们强大的后盾。

"比如欠薪这种情况，申请了团体交涉后就会计算应付工资，等待公司反馈团体交涉的日期。定下日期后就进入团体交涉流程。若是交涉失败，则进入'争议'流程，非常简单。"

还是以欠薪为例，工会会通知用人单位该员工已加入工会，并申请团体交涉。有的用人单位收到通知后会立刻支付拖欠的工资。但若是进行团体交涉后该公司并没有认真对待，工会就会向该公司提出"争议"。他们会在公司或店门前分发传单或用扬声器广播，让众人周知"这家公司有拖欠加班费的违法行为"。公司当然不愿看到这样的结果，因而大多都会认真对待团体交涉。

这样的"争议"行动完全是合法的。不过，当工会提出"争议"但仍得不到公司诚恳应对的话，工会就会向东京都的劳动委员会提出"不当劳动行为"的救济申请。

要处理这些案例，必须具备丰富的法律知识，而佳奈原本只是小学毕业，一直以来都宅家做自由职业者，却从20多岁开始主动承担了这类案件的处理工作，担任志愿者服务至今。放眼周围，佳奈有许多做自由职业的朋友，其中不少人都在打工时遭遇过欠薪或当日解雇这些违反《劳动基准法》的行为。

"朋友中有名女孩也是自由职业者，在许多地方打过工，常常听她说起自己职场中遭受的过分待遇。要在以前，我只能同情地附和一句'太过分了'。但加入工会以后，我就能说'太过分了，走，我们去团体交涉把钱要回来'。也就是说现在我听到这样的抱怨，可以不仅表示同情，还能具体地提出行动建议了。知道自己能帮上忙了，感觉很棒。"

用丰富的法律知识武装自己

就这样，佳奈还承接了朋友的劳动案例，并最终加以解决。而在以前，佳奈自己也在便利店、面包店等地打过各种工，却不曾关心过工会或《劳动基准法》之类的问题，甚至都没往那方面考虑过。

"那时我觉得这个和自己没关系。可我曾经的报酬都低于最低工资标准了。初中时拒绝上学的那会儿，我在母亲兼职的寺院帮忙，到28岁已经干了10多年。一开始我只是个'被父母带去的初中生'，根本没想过最低工资这档子事，每天只有6000日元的收入。可现在想想，忙的时候要干上12个小时，换算成时薪的话只有500日元，远低于最低工资了。当时只觉得工资低，现在才意识到本该计算成加班工资的时薪一分钱都没拿到。"

不仅如此，佳奈母亲的时薪也低于了最低工资。

"母亲从我幼儿园时就在那里干，时薪一直是800日元，但这期间最低工资标准却上浮了，于是这点时薪就低于标准了。我就给寺院的住持发邮件说母亲的薪水'低于最低工资标准了'，住持才给她涨到1000日元。"

如此一来，对佳奈而言，劳动运动绝非脱离日常的活动，而已经是能对周围人产生具体益处的东西了。

"我拼命学习法律知识。根据具体的案件学习相关的内容。不过我们工会的人都是外行，所以大家都一样。"

没错，她所在的工会，人人都是在打工之余志愿来参加活动的。最初佳奈来到这家工会的时候，就被他们"卖力准备没有任何收益的游行的身影"所打动，但或许"那些为解决他人的劳动问题而不计报酬地四处奔走的工会成员"对她的影响同样深切。于是，佳奈也扎扎实实地开始学习各种法律知识。

"一开始，我就先通读一遍基本劳动问题的相关书籍，记下《劳动基准法》口袋书里的内容。当案件越来越复杂时，就去查阅大部头的书籍。若是有不明白的地方，就先向工会的其他成员四处打听。比如这个人熟悉派遣问题就去问他。像这样我学到了很多知识——比方说欠薪有 2 年的追溯期，工作超过 8 小时加班费应该比原时薪增加 25％，1 周工作超过 40 小时后，超过部分的时薪都应该按原时薪的 125％ 计算，当日工资都必须按此比例增加。还有就是休息日上班的话，应该增加 35％ 的报酬。还有些是夜总会工作的人常碰到的问题，比如店方要求员工若要辞职，必须提前 1 个月告知，但从法律上来说应该是提前 14 天才对。而且若是店方有任何违反《劳动基准法》的行为，那员工即便当日辞职也合乎法律。"

我边听边对佳奈法律知识的丰富佩服得五体投地。原本连学校都不去在家闭门不出的孩子，一旦开始了工会活动，立刻"如鱼得水"一般地成为了有能力的活动家，一路帮助了许许多多的人。也许是她罕见的才能得到了赏识，有段时间她曾在一家由许多外国劳动者组成的工会全勤坐岗，有固定收入，时薪 1000 日元。不过再怎么擅长的工作若是 1 周工作六七天，1 天工作 10 小时，这种缺乏自由的职场也让她难以忍受，最后还是辞了职。不过佳奈说那里的工作经验让她学到了很多。

兴趣爱好是工会

现在，佳奈除工会工作之外，每周有 3 天会在熟人的公司打工做事务性工作。每月收入 8 万日元左右。不过，她"不用付房租，完全过得下去"。

就像本节开头所说的，房租由同居的男友负担。她也不买衣服，只剩下了酒水支出，每月大约在 2 万日元左右。另外，佳奈已经 20 年没去过美容美发院了。

"在家闭门不出的那段日子，连理发店都去不了。因为去了会被人问'你是不是学生''做什么工作'之类的问题，我不想回答。我自己剪发大约有 20 年了，还在家自己烫过头发（笑）。总之，不去美容美发院不买衣服给我省下了一大笔花销。因为女人每月大约要花 2 万—3 万日元在服装上吧。去一次美容院也要花上 1 万日元。有时看到大家都在美甲，我也想去试试，但又觉得还不如把这笔钱花在喝酒上。有时又想去种睫毛，可一想到自己曾经在寺院一天要工作 12 个小时才挣到 6000 日元……一直以来日子过得都不宽裕，花钱时就下不了决心了。"

当我问及佳奈她的兴趣爱好时，她当即回答是"工会"。

"许多经营者都不把员工当回事，只想着挣钱，从他们那里讨要欠薪和加班费真让人痛快（笑）。我在寺院干活的时候，每天只拿 6000 日元，而那些和尚可都是大款啊。他们乘公务舱去夏威夷旅行，为箱根的助兴女招待花上 100 万日元。所以我内心对他们这些人有怨气啊（笑）。"

那工会的乐趣又在哪儿呢？

"来工会咨询前，大家都已经不抱希望了。可有的人就是不甘心，于是来了工会，这些人最后都会庆幸'还好没有放弃努力'，庆幸没有忍气吞声，而是振作起来采取行动。社会上有各种社会运动，但我觉得工会活动在某种程度上来说是最立竿见影的。就好比反对修改《宪法》的运动针对的是政府，反对原子能发电的运动针对的是东京电力公司和政府，工会则针对的是老板。那些老板在工会的监督下来到员工面前道歉支付欠薪，而这笔钱又直接同当事人的生活挂钩，可以用来支付房租什么的。这样能亲眼见证成果的活动让我着迷。"

这 10 年来，黑心企业在社会上蔓延，非正式员工雇佣制度下被召之即来挥之即去的人越来越多，劳动者变得越来越弱势。而佳奈则在这些年里站在了许多劳动者的身边，一路支持他们。她所在的工会不仅负责劳动咨询，迄今为止，许多走投无路的人都来找过他们求助，他们有的"生活费没有着落"，有的"因为没钱付房租被赶出公寓无家可归"。佳奈已经好几次协助他们申领了生活保护费。这家工会提供的服务已不仅仅限于劳动问题，而是延伸至有关生存的各个方面了。

"说来以前和父母提到生活保护制度，父亲就说'与其领生活保护费还不如去死'，当时我也就认为生活保护制度不该是年轻人去享受的。可是，年轻人里有许多得抑郁症或身患疾病的，都是透支着自己在劳动，身体因而每况愈下。所以我认为这些人就该领取生活保护费，好好治病，然后再考虑各种谋生方式。一旦遇到什么情况，与其过劳死，还不如靠生活保护费活下去，这对个人来说非常重要。可是，我发现来求助的人里，有的在得知在领生活保护费前要先联系自己亲属时（这项措施称为'抚养照会'，就是由相关政府办事机构联系亲属，询问对方是否愿意负担一部分申请人的生活支出。当然在申请人受家暴的情况下当事人可以请求不与家人联系），竟然表示'与其让家人知道还不如去死'。这点我希望有所改变。应该让他们意识到这并不是什么不光彩的事。"

对母亲的复杂情感

佳奈说自己之所以抱着这样的观念，也是因为她觉得自己"或许什么时候也可能会领取生活保护费"。

"此前我在便利店之类的地方打过工，精疲力尽，根本坚持不下去。1周工作3天左右还凑合。我还和朋友们设想过晚年领生活保护费，住在一起（笑）。那名姑娘和我一样，看着不太想结婚生子。我们都觉得到了晚年，要住还是和女同胞住一起比较好。尊重女性的男人另当别论，可总体上男人给人留下的印象就是'喂，去给我倒点酱油'。同住一个屋檐下，还是选择女同胞合适。比如女性合租屋这种。"

现在佳奈虽然和男友同居，但她对结婚"没有兴趣"。

"在有些情况下，人们结婚只是出于金钱方面的考虑，比如觉得税费和保险费在结婚后会相对划算些，可结婚对我来说太令人担忧了。如果结婚后经济不能独立，不能养活自己，那就丧失了离婚的选择，这样一来，我担心自己会不会步我母亲的后尘。与其这样，还不如不结婚，那样的话无论发生什么，至少可以随时分手回到父母家中。"

据佳奈说她母亲对她干涉很多。因为"初中、高中的时候一直呆在家中，两人间产生了依附关系"，母亲似乎不希望佳奈外出。

"原本我出不了门，那现在能出去了我以为她会高兴。可现在，母亲像是得了一定程度的酒精依赖症，每晚都喝上好几个小时，我若是在家，她就会喝得烂醉来我房间，没完没了地发牢骚。在家呆着让我感觉精神上太压抑了。"

对于母亲，佳奈觉得她很"可怜"。

"她一直认为男人比女人了不起。我母亲的母亲也是这样的人，切了水果先要给男性吃，然后再轮到自己。总是催促女儿给男性倒茶倒啤酒。母亲一面继承了外祖母的观念照顾着男性，一面自己又外出打工。我父母那代人经济上还算宽裕，结了婚的女性在养老金上也有优待，但精神上太压抑了。或许这种压抑转化为了对父亲的埋怨，最终受害的是我。有一段时间，我和母亲一直有一种依附关系，似乎没有她我就无法活下去，所以现在我会尽量注意避免这样的情况。"

虽然佳奈对母亲的看法很复杂，可她自己还是抱有"想要孩子"的愿望。

"不过我基本已经放弃这种想法了。怎么想都觉得没钱抚养。哎，还是去疼爱别人家的孩子算了。"

佳奈父母都已经60多岁了。两人都拿着养老金继续工作。

原本是工薪阶层的父亲现在在打工做安保。母亲现在还在寺院打工。两人都健康，暂时还没有考虑看护的问题。

"父母的看护问题让我特别担心，把他们丢给医院或是养老院得了（笑）。不过那种地方好像也不是想进马上就能进的。我朋友也说最担心的还是以后照顾父母的问题。我哥哥虽然没结婚，但他坚决认为应该由我来照顾。真让人担忧啊。果然这世道还是把照顾父母的希望寄托在女儿或媳妇身上。父母自己嘴上说'要死得痛快些'，可这由不得自己啊。"

虽然佳奈对母亲的情感很复杂，但她还是认为自己现在的生活过得下去得归功于父母。

"现在我还在毫不犹豫地依赖父母的物质援助。我定期回家，会带走各种东西，比如食物、毛巾或者母亲从寺院带回来的点心，然后悠闲地泡个澡。手机也绑定在母亲支付的家庭账户上。现在我还是算在父亲名下的抚养人，养老金医疗保险都由父亲支付。手机费和保险费加起来要有 4 万日元了吧。"

这 4 万日元再加上佳奈每月收入 8 万日元，按这样计算，一个人要能够完全独立生活，每月必须有 12 万日元左右。

我问佳奈今后的目标是什么。她回答说是"想增加收入"。然后就是"希望变得再健康些"。

"我一直在吃精神科开的药，总是犯困没精神。我不知道健康是一种什么样的状态。果然过了 30 岁身体就吃不消了，容易疲劳。我觉得这样下去自己活不久。好担心老了以后的日子啊。"

社会首先应该确保人能独立生存

我问佳奈："你希望政府对单身女性提供什么样的援助？"

她回答说："现代社会不找个配偶就活不下去，而且还必须是一男一女这样的配偶。颁布的政策也都是偏向于鼓励生育的。可我认为这个社会如果不能保证一个人也能活得下去，那结婚生子什么的都免谈。现在只要你一结婚就可以享受抚养津贴，可我认为比起这个，当务之急是应该先提高包括派遣制员工在内的全体劳动者的最低保障水平。比起生孩子给补助，更重要的是让迫切需要生活保护费的人能够领到这笔生活的最低保障，而不该总让他们从办事窗口无功而返。政府应该规定个人的最基本收入。"

环顾周围的朋友们，佳奈对将来越发感到不安。

"虽然我有男朋友，但他也很贫困。朋友中许多都不是正式员工。二三十来岁的时候，还勉强能找到派遣制工作，或是有固定聘用期限的电话客服工作，电话客服时薪在 1300 日元—1400 日元，可过了 35 岁呢？迄今为止，人们都以为收入会逐年上涨的，但我们这代人一般都是逐年下降的。"

然而，就在这收入滑坡的时代里，佳奈并没有去仰仗工作或是金钱，而是将"人际关系"这一张厚实的安全网牢牢攥在手中。

"因为我感到这是最强大的后盾。万一遇到什么事，虽然大家没有钱，却应该都会伸出援手。"

佳奈自身也在志愿服务中帮助过许多人。而且周围的人都抱着一种"互帮互助是理所应当的""见人有难就该伸以援手"这样的价值观，并且不少人每天都在将之加以践行。没有比这张安全网更强大的了。那么，又该如何达到佳奈的境界呢？

"我觉得还是不应该把重心都放在赚钱、有偿劳动上。如果只盯着有偿劳动，那就没了其他的出路。和不同的人相遇，人生才会发生各种各样的转变，也正因为如此，我身边才会有许多到晚年愿意一起同住的朋友。"

听佳奈的讲述，我似乎渐渐明白是什么能让她散发着一种恰到好处的放松与乐观的气息了。因为她的依靠不止一处。

"以前一味依赖家人。以为没有了家人就会死。但现在去过许多地方，发展了许多人脉。如果仅仅依赖一个人，这条线断了也就万事皆休。可若是有 10 条人脉关系，断了其中一两条，还有其他几条路可走，就不会在一棵树上吊死了。"

应对不安的策略

佳奈为许多怀揣不安的单身女性带来了建议。

"我觉得应该把不安的矛头从自己调转向社会。若是针对自己，那就会在痛苦中越陷越深，年纪越大越不堪，最后陷入深深的自责之中。但我认为这已经不是自己的问题了，现在的社会努力了也不一定有相应的回报，你看许多人即便努力工作也终究面临失业。还有我认为我们可以为他人多花些时间，比如参与工会。虽然这有点像我的兴趣爱好，但我觉得这也是份正经的工作。因为我们不能仅仅将有报酬的事视作工作，不能认为从事有偿劳动才是有出息。还有，就是我觉得女人花了太多的钱在美容美发上了。"

佳奈就这点继续道：

"美甲美睫的效果都坚持不了 1 个月。如果定期做这些的话经济负担太重了。我偶尔碰到过和劳动运动完全不沾边的女性，有个什么事就嚷嚷着要购置新衣服，让我大吃一惊。感到女人真是太辛苦了。像我这样的反而被人觉得好笑（笑）。她们觉得我这人怎么对品牌一无所知，也不用化妆水，连脸都不洗。因为我不化妆的时候就不洗脸啊（笑）。如果有外出计划，我只要提前 5 分钟起床就能出门了（笑）。还有那些抗衰老的产品也很可怕，好像暗示女人就该看起来年轻似的。可我却认为衰老是自然规律，顺其自然不也挺好。"

这话说到我心坎里去了。不过我自己是用化妆水的，也会化化妆，但对那些"过度美容"和"过度抗衰老"的现象常常感到哪里不对劲，可就怕说出口会被人批评"没有女性魅力"。是佳奈大胆道出了藏在我内心的真实感觉。这说明她内心深处享有自得的安宁。是她再次唤起了一直藏在我内心的呼唤——我已经在工作等各方面经历了太多辛劳和疲惫，请不要再提更多要求了。

＊ ＊

月入 8 万，在工会做志愿服务。佳奈说"对现在这样的生活感到心满意足"。

"过了 30 岁，反而比十几岁二十几岁的时候没了压力（笑）。我十几岁的时候内心可痛苦了。因为那时还抱着普通人的想法，认为人就该沿着上大学、找工作、结婚生子、照顾老人的路子走。"

从这一固定思维解脱出来的佳奈，现在浑身散发着放松的气息，这就证明了一切。

我还想今后和佳奈偶尔一起聚聚，和她在很廉价的居酒屋喝喝酒，聊聊天，吃吃煮鸡杂牛杂。

我决定改日约她。

第四章　当父母需要看护时该怎么办

单身女性应该如何跨过看护父母这道坎

——听听"单枪匹马"照顾过母亲的记者村田久美怎么说？

看护支出

546.1 万日元——据说这就是照顾一位老人必须支出的数额。

老人的看护平均时长为 4 年 11 个月，需要花费这么多钱，还不包含生活费在内。

另外，日本总务省 2012 年的《就业构成基本调查》显示，每年都有约 10 万人因照顾父母而离职，其中八成是女性。他们不仅要支出看护费用，还没了收入来源，掏空了积蓄，被看不到尽头的看护生活弄得精疲力竭，父母亡故后还找不到工作，可父母和自己的积蓄却已耗尽……从某种意义上来说，这恐怕就是看护父母这件事能让人联想到的最坏的结果了。

而事实上，我认识的某位男性就因为要照顾父母而离了职，并曾一度落得无家可归。在他 40 岁的时候，父亲生了病，他因此辞去了年收入超过 1000 万日元的大型百货店的工作。照顾完父亲后又开始照顾母亲，母亲去世办完葬礼后，手头只剩下 1.5 万日元，只能露宿街头。

该男子是单身，原本和父母共同租住在出租屋内，因为拖欠房租而被赶到了大街上，只能每天带着家养的猫在公园露宿。幸而在援助组织的帮助下才摆脱了 3 个月的流浪生活，领了生活保护费，住进了公寓。这个案例让人们深切认识到"看护离职"的各种残酷性。顺带提一句，这名男子在离职后也趁看护的间隙去做过各种兼职。然而年龄越大，待遇就越糟糕，还遇到过拖欠工资，生活毫无安定可言。

现在，那名男子成为了某组织的一名职员，从事生活贫困者的支援工作，为的就是能帮助和自己陷入同样困境的人们。

该去哪家窗口求助？

最后我想为大家介绍的这名女性也在 40 岁时直面了母亲的看护问题，有实际的看护经验。

读到这里，想必大家都已经了解，人到 40 岁，意味着父母也到了 60 岁—70 岁。作为"团块一代"的孩子，2025 年恐怖得如同一枚定时炸弹，因为那年"所有的'团块一代'都步入了高龄"，而家人亲戚往往又会主观地期待单身女性承担看护的主要责任。就我所知，有的人明明在大城市干得风生水起，可仅仅因为是单身，加之女性的身份，就被自己的亲生父亲要求"辞去工作立刻回家照顾我"。如果那名女性有丈夫孩子，肯定不会遭遇这样的无理要求，而换作男性，也绝对不会被父母如此要求。但奇怪的是，偏偏到了"单身"的"女性"这里，倘若拒绝要求则会背负"不孝"的骂名。

可要问我们这些单身女性关于看护了解多少，结果就很微妙了。40岁的人都在支付看护保险费，"护理级别认定"这个词也听说过，也隐约清楚各类养老设施很难进，估计对日间护理和短期陪护也有所耳闻。

然而我们这些没有看护经验的人是否知道这些制度该如何利用呢？对此前接受采访的多数女性，我都会抛出这样一个问题。她们之中多数都对看护表示"不安"，也摆出了"自己一定会承担""不会放任不管"这样积极的态度。然而再深究下去，我发现几乎没有人掌握看护服务制度的相关信息。采访中聊到看护话题时，我对一部分人问过这样一个问题——当你因为父母的看护问题陷入困境时，你知道首先应该找什么机构吗？对于这个问题，没有人能答得上来。

答案就是地区综合支援中心。

然而，即便我道出了答案，大家也都只是一脸茫然。因为没有一个人听说过这个机构的名字。

要问我为什么会知道这个名字，那还得从和上野千鹤子的访谈录《一代人的痛——"团块后代"对"团块一代"的质问状》的出版说起。上野千鹤子还写有《一个人的老后》《一个人最后的旅程》等著作，其中为单身女性应该如何度过晚年提供了丰富的信息。也是从上野千鹤子那里，我听说了在老人看护中必不可少的"地区综合支援中心"这个机构。而我自己虽然一直把"担心今后父母的看护"挂在嘴边，在此之前也从没听说过有这个机构存在。

所谓地区综合支援中心，就是配备了保健师、社会福利师和主任看护援助专员的机构。他们会协同看护相关的各机构帮助人们解决各类看护问题，是需要看护人员及其家属的援助窗口。我们常听说"2级护理"等词汇，像这类护理级别认定的申请、护理计划的制订等综合援助都是由这家机构提供的。至少，我们现在知道了如果正为看护父母的问题而烦恼时，可以向居住地的地区综合支援中心求助。虽然我们不清楚其中具体的操作，但至少知道了该去哪里咨询，心里就踏实了许多。

所以，本节就让我们向"有看护经验的前辈"来讨教下经验。

母亲突然病倒

来为我们讲述看护父母经历的是记者村田久美。她于1969年出生于东京，在东京长大，著有《单枪匹马的看护》，和结城康博合作著有《看护破产：一边工作一边坚持照顾父母的方法》等。她曾做过公司职员，后于1995年进入每日新闻社，成为《每日星期天》杂志的一员。2011年，村田久美成为自由记者。

现在，村田久美主要负责经济、社会保障、金融相关的报道，活跃于各种周刊杂志。在开始看护生活前，她和父母同住，作为"独身寄生族"有着充实的工作和个人生活。然而就在2008年，村田久美近40岁的时候，一直做专职主妇的74岁老母亲突然病倒了，由此开启了她的看护生活。当时村田久美还不是自由记者，而是每日新闻社社员。

采访当日，村田谈到了她的几个"失算"之处。首先就是"对母亲身体状况的疏忽"。

"在开始照顾母亲的 1 年前，我父亲去世了。原本母亲体弱多病，是父亲一直在照顾母亲。可父亲去世后，母亲常常卧床不起。食量也越来越少。而我那时还只是以为她是因为父亲的死遭受了打击才消沉得茶饭不思的。"

然而，母亲的病情却在悄然恶化。于是有一天，当村田回到家，发现母亲无力地倒在床上，口吐黄色液体，她才叫了救护车把母亲送去医院。母亲被医生诊断为"急性心功能不全"，还有严重的动脉硬化和贫血。

"后来我询问她，才得知此前她出现过两眼发黑，视物模糊等症状，什么也干不了，而我却浑然未觉，任其发展。"

结果，母亲送到医院的那夜病情已经非常危重了，使村田一时间都有了"将母亲的葬礼和父亲的周年忌日一同操办"的心理准备。然而，2 周后，母亲奇迹般地恢复了。但毕竟闯了次鬼门关，她的身体极度虚弱。白天卧床不起，晚上就开始在病房内徘徊，还总是语无伦次。

就在村田担心"就这么出院回家的话，晚上该由谁来照顾"这个问题时，住院 1 个月后，医生突然告知老人可以出院了。村田表示想要在医院接受康复治疗，可被医生拒绝。她于是准备给母亲做护理等级认定，那时她咨询的机构就是地区综合支援中心。结果，母亲被认定为需要 2 级护理。

在这里，村田第二次用了"失算"这个词。那就是她"一个人承担下了母亲的看护"。

"我有个大我许多的姐姐，结了婚有 3 个孩子，当时她正为照顾孩子忙得不可开交。再加上我正好和母亲同住，就把照顾母亲的责任一个人承担了下来，无论是精神层面还是经济层面。当时考虑到姐姐孩子还小，非常忙碌，就没有让她承担照顾母亲的相关责任。所以在责任分工这点上我犯了大错。现在我非常后悔那时没多和她商量商量对策。"

看来，如果有能互相帮衬的兄弟姐妹，在看护开始的那个阶段就互相商量好对策是极为重要的。

能租用的就去租用

就这样，母亲如期出了院。经过护理等级认定后，村田得知母亲可以享受日间护理服务，就办了手续。可母亲不愿意去日间护理机构，每天就窝在家里。于是 1 个月都没到，母亲又因为胃溃疡吐血再度入院，心脏也做了插管手术，在医院度过的 1 个月里，母亲的体力越发衰弱了。

在上一次母亲出院的时候，村田心里明白，她已经无法像以前一样生活了。如果要在家照顾母亲的话，家中就必须在起居室、卫生间、浴室安装扶手，进行无障碍改造。

改造需要资金。而看护保险制度中，有一项是"住宅改造补贴"。被认定为需要援助、看护的家庭在自家进行无障碍改造时，就可以申请这笔费用，上限为 20 万日元，其中自付一成。改造内容包括安装扶手、消除地面落差、更新地面防滑材料、推门改造为移门、蹲式马桶更换为西式马桶等。村田家是租赁房，无法进行改造，但可以通过"适老化用具租赁"这个渠道安装扶手。这解决了村田一大难题。

"每月支付 300 日元左右就能安装。有人会自掏腰包进行无障碍改造，但使用看护保险也是一个办法。还有些人不缺钱，什么都自己买，其实有很多东西都可以租赁。比如护理用床，只要被认定为2级护理，就可以租赁了。虽然便携式马桶无法租赁，是我们掏钱买的，但能租赁的一概选择租赁。我觉得不必样样都花钱去买，最好是先去自己或父母所在的社区了解一下自己究竟能享受什么样的看护保险服务。"

就这样，母亲再次回到家中。出院后有段时间她在轮椅上生活。能勉强上厕所，但洗澡还需要村田帮忙。明知看护服务中有上门护理这一项，可白天母亲还是独自在家。因为护理员即便上门按门铃，她也无法去应答，连走到大门口都办不到。

在这种情况下，村田就得把自家的钥匙交给护理员，让她在村田不在家时自行开门进屋。可村田却对这有所抵触，因而没有利用上门护理服务。是否愿意将家门钥匙交给护理员这点也会给老人的看护生活带来很大的差异。

于是，村田还是选择了日间护理机构。每周2天，她把母亲送去那里洗澡、吃饭、技能训练、参加文娱活动。可母亲还是不喜欢那里。

恐怕许多人到了这一步，都会产生"看护离职"这个念头了。辞了工作，生活就维持不下去，可白天上班不在家，又担心老人不知什么时候会出状况……

村田于是开始找起了护理院，想把母亲送进去，但这也不是一件容易的事。养老机构种类繁多，有的需要在入院时缴纳一笔昂贵的费用，而收费较低的特殊养老院[1]有100多人在那

1　日本的一种福利设施，专门接收身心健康有缺陷、需要常规护理、居家护理有困难的老人。

里排队等待着进入。若是选择看护老人保健机构[1]，住个双人间，各项费用累加每月也要花费 30 万日元。

接踵而来的费用问题

费用问题也是一道坎。而且，特殊养老院和看护老人保健机构的费用也是根据年收入浮动的。这时，我再次从村田口中听到了"失算"二字。

"父亲去世后最大的失算之处，就是把母亲纳入到了我的抚养名下。母亲养老金很少，但和我的收入一叠加，保险费就高出了许多。当我大呼小叫地直喊'糟糕'时，恰巧职场上的一位前辈采访过看护问题，告诉我'可以申请户口分离'。"

所谓户口分离就是父母和孩子虽然同在一个屋檐下生活，但分别成为户主的方法。

办法就是去办事机构申请说"要进行户口分离"。

"然后就像流水线一样，先去健康保险科，然后又被指引去看护保险科走流程。"

于是，村田就顺利地完成了户口分离。这样一来，养老金低的母亲就成为了免缴税人员，各类保险费用都下降了，1 年保险费合计节约了大约 5 万日元，这是一笔不小的数目。另外，户口分离还会影响到国民健康保险的入院费和住院天数。而在此前，母亲住院 1 个月最低要花费 4.44 万日元，现在只

---

1 日本养老机构，对病情稳定又需要看护、康复服务的老人提供的具有医疗功能的养老服务。

要 1.5 万日元。不仅如此，特殊养老院多床位房间的费用可以节省约 3 万日元，看护老人保健机构则可以节约 4 万日元。请大家一定要记住户口分离这个办法。

但是话说回来，即便费用能节省下来，还是找不到立刻就能进的养老机构。这时，医生向村田建议去"医疗合作室"咨询。

"当时没法立刻进入养老机构，也没有那么多钱。所以就打算在家护理。可我又有工作。所以就在母亲出院前，我问主治医生有什么好的办法。医生让我去'医疗合作室'咨询出院后的护理问题。'医疗合作室'设在医院内部，那里有医疗社工。那名社工建议我利用特殊养老院的短期入院服务。"

所谓短期入院就是需要接受护理的老人每月在养老机构呆上几天到 1 周，在那里接受日常护理、机能训练等服务的制度。

"现在 2 级护理的话，每月 20 天是上限，但当时上限是 14 天。于是我们每月 2 周在特殊养老院，2 周在自家护理。"

于是村田母亲就一边利用短期入院服务，一边排队等待进入特殊养老院的长住名额。一提到养老机构，许多老人都很抵触，但村田母亲却主动说"要去"。

"我们俩常常发生冲突，她表示已经不想和我住一起了。因为母亲越来越依赖我，而我却总是让她'能做的事就自己做'，拒绝她的一味依赖。其实我自己当时也没过心理这道坎，会抱怨'为什么总是我得摊上这种事呢'。"

进入养老机构对村田和母亲这二人来说是最佳的选择。于是这段时期，母亲短期入院的日子里两人就各过各的。

"多亏有了短期入院服务，让我精神上轻松了许多。可在这期间，我连2周都不希望母亲在家呆了。比如我工作忙的时候，就会自己出钱让她在里面呆上1个月。当时超过上限2周的那几天的费用都是自理的。一晚要花1.2万—1.3万日元。当时我父亲留下的钱和我的积蓄还绰绰有余。不过现在想来有些浪费。"

母亲去特殊养老院的那2周，村田就在家得以喘口气，而母亲回家的时间就得由她亲自照顾了。另外元旦和国定长假期间，也有许多人会去养老院，那几天母亲也在家度过。在那以前，国定长假期间村田都在国外旅行，对她来说和度假无缘的日子想必很难受。

其中最让她痛苦的就是一日三餐的料理。

"当时不像现在这样有配送服务，实在太辛苦了。早上我会多做些，米饭会一次煮很多，分成几次吃的量在冰箱里冷冻保存。"

母亲倒下的那年，医疗费一共花了40万日元。接下来养老机构那块还要花钱，然而正如刚才提到的，母亲的养老金极其微薄，只有遗属厚生年金一个来源。以前母亲一直以为自己不另行参保，父亲死后也可以拿到不少遗属年金，所以中途断缴了自己的那份年金。

虽然村田当时能省一分钱就省一分钱，可母亲还是会向她索要点心、居家服等各类物品。由于没有私家车，去医院就打车，往返就要6000日元。另外，母亲在家的日子，村田工作时每天脑子里想的都是"得早点回家"，因为母亲大小便失禁。村田在母亲病倒前为了考取理财顾问资格，一直在上培训班。

可因为要照顾母亲，就没有时间去准备考试，最后没有通过。一次次的考试失利让村田开始把原因都归结到母亲身上，这是个危险的征兆。

而就在这时，她们接到通知，说养老机构的名额腾出来了。不仅村田很高兴，母亲也欢欣雀跃起来。

"这下我就不用担心被你杀了。"

当时她母亲这样说道。

内心的安定来自经济的稳定

母亲进入的是家护理院。根据村田《单枪匹马的看护》中介绍，护理院有以下特征——

"为能够自理，但对独自在家生活心存担忧的人提供伙食、洗浴、看护等服务。每月费用约在 7 万至 17 万日元。同样接纳不需要看护的高龄老人入住，但在护理等级提高时，部分机构会要求转院。"

村田母亲进入的护理院不需要缴纳一次性入院金，每月的费用会有浮动，包括伙食费在内每月大约花费 9 万日元。所有房间都是单人单间，住在里边的约有 20 人。9 万日元是笔不小的开支，但比村田想象中的要便宜些。

就这样，从 2009 年开始至今，村田的母亲一直就住在这家护理院内。

"在家辛苦的日子大约持续了 1 年，现在我轻松多了。而且她本人也提出要去，那就好办了。"

现在村田每周都会去护理院探望一次。

"我会买些随身用品带过去，和她边喝茶边聊天。然后就是定期带她去医院。不是护理院的人带着去，而是我亲自陪同，因为她坐轮椅，所以护理院会派轮椅专用车接送，真是帮大忙了。"

村田母亲今年84岁。就在前不久，她还曾进过一次医院，不过最近病情稳定多了。村田于2011年离职成为了一名自由记者。

"幸运的是从母亲刚病倒的时候我心里就认定必须工作。一来不能去指望母亲微薄的养老金，二来房子也是租的。没有产权房在这时反而成了有利因素。因为有房子再加上父母有养老金的人往往会在这时辞职，靠父母的养老金生活。可如果因为看护离职的话，再就业就基本不可能了。公共职业安定所[1]那里是找不到工作的。只能不停地找打工的岗位，收入切切实实在减少。所以要求得内心的安定，还得先保证收入的稳定。"

先别急着辞去工作

有段时间，村田也曾对着存折上仅剩的30万日元发愣。现在政府在政策上有所改进，推出了看护零离职的制度，规定职工看护可给予93天可拆分的护理假期。而村田则指出"这项制度并未得到正确的认识"。

"许多人都认为护理假是用作看护父母的，但其实并非如此。"

1　日本以职业安定为目的设立的机关，提供免费的职业介绍、就业指导、失业保险的办理等服务。

这是什么意思？

"看护这件事是看不到尽头的。不是过了93天就能结束的。正因为大家都这么以为，93天过了还是辞了职，因而'看护离职'的现象仍然有增无减。可这是一种误解。该政策其实是让人们利用这93天的假期制订符合自身情况的看护计划的。"

原来如此啊。我根本不知道。部分是因为我是自由职业者，所以觉得这项政策和自己没关系。可想来我弟弟是公司社员，即便自己无法享有假期，但弟弟有没有休假对我也有很大的影响。而且即便不是正式员工，只要满足一定条件，仍然可以享受护理假。

"一开始以为'只有辞职一条路'的人听说护理假是为了让员工有时间安排今后生活时，都会感到惊讶——原来护理假是这么用的呀。在这93天里，他们得以有足够的时间和父母、兄弟姐妹之间就看护问题进行协调，对未来进行规划。"

村田强调先不急着辞职才是头等大事。

"还是得保住工作，别觉得必须由自己亲自来照顾父母。短时间可以这么做，但工作至少得继续。工作可以让自己暂时从看护中抽离出来，说得不恰当些，就算是转换下心情吧。毕竟若是辞了工作，人没了收入就会渐渐变得卑微。到时就会怪罪父母，觉得为什么自己人生会变得这么惨。"

有这种想法就是危险的信号了。

"人就会进入一个恶性循环，甚至有人由于长期形影不离地照料，最后发展到了对受看护者施加暴力。这些人中有的重新开始工作后就恢复正常了。所以在制订护理计划时，切记要以继续工作为前提。"

另外，当看护者的精神状况陷入困境时，去参加"看护者聚会"也是项不错的选择。在那里，同为看护者的人们会聚在一起互相交流各自的烦恼和不安，并交流和看护相关的信息。

"社会上有许多团体，分别都是相同处境的人聚到了一起。在那里人们可以互通各类信息。比如'这次开设的机构怎么样''那个机构的某某人给人感觉特别不好''那家医院很不正宗'之类的。可以听到各种评价，是个了解各类当地信息的绝佳场所。当然也有人会对各类蜂拥而至的信息感到身心疲惫。但毕竟那种环境可以让人对自己的看护计划进行客观的评估。"

距离村田母亲病倒已经过了 10 年。从村田的话语中，我能感觉得到她现在的生活非常充实，因为照顾母亲而接连没通过的理财顾问考试也在 2013 年顺利通过。因为具备了资质，村田的工作面也拓宽了。

"母亲病倒后，一开始真的感到'太辛苦了，太辛苦了'，但不知不觉，突然有一天发现自己似乎并不像在照顾一个老人。制订好看护计划后，竟然意外地感到没那么辛苦了。现在我每周都要去护理院一次，要说轻松的确是轻松了，总之没把这当成是负担。或许这是因为经济上工作上都有余裕了吧。这点非常重要。工作方面，现在能力反倒提升了，不用担心没好工作找上门。"

* *

提到父母的看护，我原本根深蒂固地认为这意味着看护者不得不放弃许多东西。但村田却了解了许多信息，利用了能够利用的政策，成功维持了自己和母亲日常生活的正常运行，甚至还在工作技能上上了一个台阶。

她告诉了我们许多不为我们所知的看护秘诀。

村田的故事一定会在不久的将来对你有所帮助。

卷末访谈

让"独居"不再意味着孤独

——栗田隆子和雨宫处凛的对话

本书最后是我和作家栗田隆子的对话。在我策划这部书时，脑海里最先浮现的就是作为同代人的她。

栗田在大阪大学研究生院中途退学后，在政府机关做过非常勤员工、派遣制员工等非正式员工。

同时，她还担任过小众杂志《自由职业者的自由》的发行责任人，该杂志针对的就是不稳定的就业状态和年轻人的劳动环境问题，致力于倾听当事人的声音。另外，她还活跃在"女性和贫困组织""全国劳动女性中心"等组织中。可以说作为一名先行者，一直将如今单身女性面临的各种问题作为研究对象。我和栗田进行了深入的交流。

40 岁女性是"濒危物种"

雨宫：初次见您是在 2006 年至 2007 年吧。那时，泡沫经
　　　济崩溃后的就业困难派生出了陷入贫困的"迷失的
　　　一代"这种社会现象，以及贫富差距的问题，引发

雨宫处凛

了社会的关注，同时《自由职业者的自由》办得风
生水起，非正式就业人群引发的社会运动也如火如
荼地开展。您比我大两岁，我们那时都是 30 多岁。

栗田：是啊。我从研究生院中途退学是在 29 岁左右。而
且因为学的是哲学，研究的都是些不能用于实践的
学问，若是像大家一样给公司递交简历，就会以
"学历太高，而且缺乏实践能力"为由，连面试机
会都不会有（苦笑）。于是，我就在政府机关做起
了派遣制员工。

之所以没被正式雇佣，现在想来和 1999 年的

《劳动者派遣法》的修改有很大关系。在那以前，派遣原则上是被禁止的，而那年以后，则变为了部分禁止，这种转变导致了派遣劳动激增。我想也就是因为这，在我开始就业的 2000 年前后，才会导致一般的事务性工作岗位锐减，转而用派遣制来替代了。

雨宫：当时，大家把问题笼统地称为"年轻人的贫困"，都认为这些问题必须是施政时优先解决的。然而 2009 年，政权由自民党更迭为民主党，给人感觉像是进入了"飘忽的空白期"，2011 年又发生了东日本大地震，似乎贫困问题就被搁置了。要说解决贫困问题的成果，最多就是制定了《儿童贫困对策法》，使儿童的贫困问题在某种程度上得到了社会的重视。

　　然而我们这代人的贫困却被忘得一干二净，即使声称就业形势大体恢复正常，"迷失的一代"和"团块后代"的非正式员工雇佣率仍然居高不下。其中，40 岁女性的贫困问题更是被弃之不顾，根本没被考虑在施政针对的范畴内。和我一起参与运动的同辈人，在 2 年前就说我们这群人是"濒危物种"。因为我们无法"留下子孙"，还一个个都遭遇了生育年龄这道壁垒。

栗田：的确，我感到我们这代人被无情地抛弃在了一边。这 10 年间，我针对女性贫困问题参与了多项运动，可我连自己的问题都没解决，太受打击了。即使我自己成为不了母亲，可我感到再不想想办法，我们父母辈遗留给我们这代人的问题将会成为一笔负资产让下一代人继续接盘。这太可怕了。

"女性生活遇到困难就去卖春"的思维定式

雨宫：前几天，发生了一件事让我痛感"40 岁单身女性"
的社会地位低下，那就是我第一次没通过租房资格
审查。好像是我父亲到了 69 岁的缘故，原本他一
直是我租房的担保人，我这才明白原来租房资格和
自己的收入没关系。20 岁做自由职业者的时候，就
因为我父亲还年轻就能借到房子，可当我刚过了 40
岁，经过努力直到能够自立不依赖父母时，却仅仅
因为父亲年龄已过 65 岁，不具备担保人资格，我
就成了信用等级低的人了，按理应该反过来才对
啊。年轻的时候交不了税金，反倒是现在我一直都
在缴税，比做自由职业时的收入还多。我感到这项
政策是对自由撰稿人还有女性非正式员工的歧视，
暗示单身的女性自由撰稿人不具备社会信用。

栗田：真是难以理解，现在又不是"女子三界无家"[1] 的时
代了。当初促使我投身于女性与劳动问题的相关运
动的，也是租房合同问题。大家都说"至少做连带
担保人，父母是不会拒绝的"，可我还是感到这种
想法给人传递了一个强烈的信号，那就是"父亲有
一定经济能力，女儿才能够独自生活"，"女性也能自

1　日本旧社会中，指女性未嫁从父，既嫁从夫，夫死从子，一生居无定所的
　　状态。

栗田隆子

立"的幻想在这里崩塌了。这说明当今社会仍残存着旧时代的观念，认为女性离家之日便是结婚之时，中年以上的单身女性之所以会面临生存问题就是因为没有结婚。有项法律条款象征着社会对女性的看法，你猜是什么？那是针对单身女性的唯一一条法律。我在这里卖个关子。

雨宫：什么？是保护单身女性的法律条款吗？

栗田：某种意义上说是的。

雨宫：是《卖春防止法》？

栗田：正确。只有这一条。

雨宫：果然。哇，可怕，可怕。援助贫困女性的法律只有这一项啊。这条法律"对有从事卖春可能性的女性实施保护，引导其重新做人"，并以此为名将这类妇女收容入保护机构。而事实上，对于那些生活陷入困境的女性，即便她没有卖春，对其实施保护时，参考的也是这条《卖春防止法》。

栗田：没错。这项措施和《生活保护法》《老年人福利法》并列为"一类福利事业"[1]。

雨宫：可是这个名字也太……绝对不是个好名字。这意思不就是认为"生活陷入困境的女性只能去卖春，所以要去保护她们"吗？太荒唐了。

栗田：是啊是啊。总之，这项法律就是在告诉人们，政府就是这么看待单身女性的。"卖春"这个用词真的太不合适了，总之，他们根本就没考虑过，单身女性除他们所谓的"卖春"以外，工作也是一条生存策略。

工作也好，结婚也罢，都和幸福无缘

雨宫：要说女性该如何生存、工作，我感到选择范围非常狭窄。要么就是做干练的职业女性，要么就是非正式就业，要么就是专职主妇。

---

1 日本社会福利事业分为一类福利事业和二类福利事业。一类福利事业对经营者要求较高，由于服务对象需要受保护的必要性较大，原则上该福利机构的营业主体为政府，民间营业者必须是经营稳定的福利法人。其中为有卖春倾向的妇女提供保护所的机构也包括在内。

栗田：没错。我认为在 1985 年那年，女性在新自由主义政策下被割裂成了几类。那年可以被称为"新自由主义元年"，制定了《劳动者派遣法》和《男女雇佣机会均等法》，国民年金的参保人里多了第三号被保险人[1]这一项。也就是说在那年，女性因为这些政策被分为了三类——第一类是努力和男性一样埋头工作的职业女性；第二类是在派遣岗位中适当发挥能力的女性；第三类是在丈夫的抚养下靠年金老老实实生活的女性。

　　然而这并不意味着女性就可以自由选择工作方式了。而是根据自己的人生轨迹被划分成了三个阶段——年轻时进入企业担任综合职务；干得精疲力尽后做派遣制员工；结婚生子后连派遣制员工也做不下去了就去做专职主妇。但无论进入哪个阶段，都很难再回到原来的工作方式了。那要说相同立场的女性之间是否能相互理解，其实又没那么容易，因为每个人此前的经历都不尽相同。

雨宫：而且无论身处哪个立场，似乎都找不到获得幸福的例子。作为《男女雇佣机会均等法》的副产物，让人联想到的就是"东电女白领被杀事件"[2]了。该女

1　国民年金中第一号被保险人主要为个体户、农民、学生、无业者，第二号被保险人主要为享受福利年金的公司职员、公务员等，而第三号被保险人是第二号被保险人抚养的配偶，这类人无须缴纳保险费。

2　1997 年发生了东京电力公司女白领被杀事件。据纪实文学作家佐野真一的纪实作品《东电女白领被杀事件》介绍，受害人疑似因工作压力巨大而失去自律，在下班后卖淫，并患有厌食症。

性单身，是东京电力公司最早的女性综合职务社员，还升为了核心员工，却从事卖淫，最后被杀害。我感到这个事件象征了当时担任综合职务女性员工的苦闷。听说在那代人里，综合职务女性的自杀率、未婚率都很高，当时还留有男权社会的印记，叫女性如果要想干得和"男人一样"，就断了结婚的念头。

而另一方面，要说一边工作一边育儿的女性就是幸福的，也不那么乐观。因为丧偶式育儿都快把人累死了，自己明明也在工作，可丈夫却根本不来帮忙，还很难找到托育机构。

栗田：但是要问专职主妇们就在讴歌美好生活了吗？其实情况也很复杂。在这个资本主义社会，不挣钱让人感觉直不起腰来。这就是"工作也不幸福，不工作又总感觉是'被人养着'，真不知该如何是好"的感觉（苦笑）。

不求光彩照人，但求从容不迫

雨宫：如今，干着非正式工作，在贫困线上苦苦挣扎的人中，占压倒性多数的并不是以干练职业女性为目标的人，而是想"普普通通地工作，过普通人那样生活"的女性。

栗田：2016 年 4 月实施的《女性活跃推进法》的基本方针，还是以"让想要有所作为的女性发挥自己的个性和能力"为目标，给人和"普普通通地工作"截然相反的印象。虽然这项条款和《卖春防止法》向着完全不同的方向，但还是让人觉得这是在将女性特殊化。

"decent work"这个词在日语中被翻译为"有价值的像人样的工作"，让人听了很反感。对于"有价值"的定义，仁者见仁，智者见智。就我自己而言，我既没有特别想要出人头地的欲望，也不想做主妇来支持男人。可这个社会似乎并没有容纳"窗边一族[1]的平庸女性"的空间，闲适的职位并没有女性的份。

雨宫：没错，真是这样。就像《钓鱼迷日志》[2]中的阿滨这样，为兴趣而生，始终安于普通基层员工的位置，可却没有类似的女性形象的作品。也从没见过像《寅次郎的故事》[3]中男主人公阿寅这样的超然物外、不拘体统的女性版本。哈，女性还真是有趣。就像立体声装置那样非左即右，不被允许跨出模式半步。

栗田：确实如此。女性形象太狭隘了。我认为并不是社会"看不到"其他类型的女性形象，而是"不愿看到"。

---

1 "窗边一族"这个词汇源自 1977 年的《北海道新闻》，其中一个专栏首次出现了"窗边大叔"一词，形容那些被调离管理职位，委以闲职，可以在窗边发呆看报纸消磨时间的中老年员工，之后"窗边一族"一词固定下来，用以形容那些晋升无望的平庸员工。该词是日本泡沫经济崩溃前，企业实行终身雇佣体制下的产物。
2 原为漫画，后被改编为电影、动画和电视剧。
3 由渥美清主演、山田洋次导演的电影、电视剧系列作品。

雨宫：就我个人而言，在那种要求员工有实战力的企业 1
周干上 5 天，这我绝对没自信能做到。我有哮喘，
还是过敏体质，精神也脆弱，根本算不上强大。就
像现在这样以从容的节奏活下去对我而言才是最重
要的。

栗田：2011 年到 2012 年，我在某公司工作，那时每周工
作 6 天，还要加班，结果得了哮喘。医生警告我再
这样下去会死的。我才意识到这样的工作方式根本
不适合我。不过在社会活动家群体里，那些相当于
我姐姐辈的前辈们，她们在工作上也很能干，都是
些"光彩照人的女性"。

雨宫：嗯，的确。一些女权主义者也给人以能力强、能言
善辩、搞运动时十分干练的印象。她们全身心地投
入工作，在此基础上还参加运动。不行，我可办不
到（笑）。

栗田：没错，这些人虽然如此能干，但我感到她们其实也
有局限，或者说这样做未必能得到预期的效果，而
这种局限带来的后果可能还会波及下一代的人。所
以我不想采用她们的方式，而是想另寻一个突破口。
不是成为"能干的人"，或者说不是将运动建立在能
自立的基础上，而是从无法自立这点出发开展运动。

凭 1 周 3 天、时薪 2000 日元的"工作"来照顾自己

雨宫："不拼命也能生存"这点至关重要啊。要保持"通

过战斗赢得胜利"这种昂扬状态太难了。尤其是现在，政治环境如此严峻，再怎么挣扎也只会消耗体力，或是无谓地受伤，或是弄得身心俱疲。

栗田：我认为搞运动要符合自身的实际情况。比如"全国劳动女性中心"在2017年4月举行的新闻发布会将主题定为"让1周工作3天的人也能生存"。那里提倡的已经不是此前标榜的"标准劳动者范本"——男性让配偶承担家务，自己上常日班全勤工作，而是提出要实现"有制约的工作方式"。并且，大会将劳动定义为"维持生命的工作"，还将看护工作列入劳动范畴，并将看护的对象从家人扩展到了自身。

雨宫：那时薪你们怎么计算？

栗田：大约在2000日元。1500日元不够，一个人过还好，但考虑到要抚养孩子或身边有人需要照顾的话，就得有2000日元了。

雨宫：没错啊。非常棒。

栗田：根据2009年至2015年的统计，每年"全国劳动女性中心"会接到大约400件的求助。其中有正式员工，但还是以兼职的居多。但在我们给劳动重新下定义后，劳动就不仅局限于有偿劳动了，没工作的女性也来向我们咨询了。

雨宫：太好了，太好了，非常有意思。

栗田：劳动环境也好，支持劳动的制度也罢，此前一直都是以男性为范本制定的。《男女雇佣机会均等法》

也只是单向地为女性"提供"综合职务的形式，却没有对男性也开放一般职务。劳动问题以及解决劳动问题的运动也都是大叔们在其中唱主角，这实在让人惊讶。而与非正式员工、外国劳动者相关的问题，都被看成是女性和少数族群的特殊问题，并没有被当作公共问题来加以对待，可也就是在这长期的忽视中，才会滋生出今天贫困问题的祸根。正因为雇主在非正式岗位用女性当廉价劳动力，才会想出把男性也招作派遣制员工以降低用人成本的主意。因此，把标准劳动范本以外的劳动方式也纳入公共施政范畴非常重要。

雨宫：数据显示，晚年生活也是女性更为困苦呢。根据国立社会保障·人口问题研究所 2011 年发布的调查数据，20 岁至 64 岁单身女性中，每 3 人中就有 1 人处于贫困状态，而 65 岁以上的单身女性该比例为 52%，也就是每 2 人中就有 1 人为贫困者。而与此相对的是，从 2006 年至 2012 年，65 岁以上高龄男性的贫困率却有所改善，因为他们有退休金，可高龄女性却根本无法享受这个待遇，这之间的差异太大了。

栗田：果然，这制度还是偏向于为男性、男性化的劳动方式，还有刚才提到的符合"标准劳动者范本"的劳动者支付更多的养老金啊。这导致"团块一代"的父母辈现在的收入比我们做儿女的收入还多。不过，这和非正式员工的问题一样，同样没注意到女性待遇低下的问题。如果这个社会认为女性掀不起什么风浪，再怎么闹也没人当回事，从而没把这个问题摆到台面上来加以严肃对待的话，照此下去就会和派遣制员工问题一样，使得男人也陷入和当今女性同样的困境中，最后事情就会闹得不可收拾。

修道院——单身女性理想的栖身之所？

雨宫：我认为之所以会产生今天女性的劳动困境和低收入问题，很大程度上还是因为这个社会尤其是大叔们抱着一种毫无根据的刻板印象，认为"女性反正都是要结婚的"。栗田女士，您提到过您从小就对结婚和家庭非常绝望，所以至今从没考虑过想要结婚，但是，哪怕那么一瞬间，或者犯糊涂的时候都没有这念头吗？

栗田：从没有过。反倒是想问问那些想结婚的人为什么要结婚呢（笑）？不过我考虑过"这一辈子是不是要一个人过"，或者"想和什么人一起生活"之类的问题，只不过心里一直闷闷不乐地质疑难道非得遵循婚姻这项制度不可吗？确切地说，我希望生活里不光有男性，而是有不同性别的人在一起。比如如果和男性结婚，生的孩子也尽是男孩的话，就会被清一色的男性给包围了，这对我来说大可怕，或者说有些难受，当然今后我的想法会有什么变化还不清楚。这也许同我是做女性运动的有关，而且我孩提时代还曾一头扎在全是女性的修道院里。

雨宫：修道院？大概是什么时候的事？

栗田：大概在上初中的时候。同班来的一个转校生不来上学了，我的朋友帮她把学习资料保存下来，要给她送去的时候就叫上我一起去。跟着一块儿去了才发现原来她在修道院里。因为某些原因那姑娘被修道院收留了。

　　她去不了学校让修女们都很伤脑筋，恰巧我们来了，让她们非常高兴。由于我没去过修道院，感到非常好奇，那里又很欢迎我们，还能吃到家里吃不到的蛋糕，所以一开始我是冲着蛋糕去的（笑）。就这样，有一天听说那里可以挖芋头，一去发现修道院聚集了许多年轻女性，正纳闷呢，修女们告诉我"接下来要为酒精依赖症的人开自助会"，于是我也就不明情况地旁听了自助会。

雨宫：你还参加了 AA[1] 的聚会啊，这么好。那里的活动可精彩了。

栗田：我根本都没碰过酒（笑）。有人也许会不喜欢，认为"不知道那里在说些什么莫名其妙的东西，又和宗教有关，奇奇怪怪的"，但我却觉得很有意思，于是就一头扎在修道院里了。

雨宫：也就是说，你是在那里产生了由女性组成共同体的

1　Alcoholics Anonymous，嗜酒者互戒会，或称匿名戒酒会，有意愿戒酒的人组成的国际性社会团体，成员为匿名加入，无论属于哪个社会阶层，只要有戒酒意愿，皆可参加。

想法的喽。

栗田：是的。与其说是在修道院这个场所，不如说是在自己已知的"家人"之外的团体里有了这样的念头。看到比我母亲还年长的女性们已经在践行着这样的生活了，就感到眼界瞬间被打开了——原来还有这样生活的人们哪，原来这世上还能有和世俗不同的另一种生活方式，而且那些修女们都活得非常健康积极。

雨宫：多好啊。单身女性最后的选择，也许就是修道院了（笑）。那里还提供住处和一日三餐吧。只是这些不是私有财产，而是公用的，必要的生活必需品一应俱全，有什么想要的应该也会提供经费吧。

栗田：庭院里已经有墓地了，都是用修道院自己的经费修建的。

雨宫：真不错。从某种意义上来说，修道院或许是最强的女性团体了。那她们有没有类似我们养老院之类的地方呢？

栗田：有啊，她们有（笑）。在能看到大海的好地方。

雨宫：哇！真好。比起墓地，我更想要那个。那修女们到那里去了以后，能得到很好的照料吗？

栗田：是的。年纪大了就到那里去，由护理员照顾。用养老金来抵付费用。

雨宫：哇——，修女生活简直太棒了。

栗田：哎，所以与其羡慕，我觉得还不如自己建立类似的机构。

雨宫：也是。要是自己能运营养老院这样的机构就太好了。对自己晚年的生活感到不安的女性太多了，肯定会有这类需求。她们就跟我们一样，没有孩子在身边照顾，或者没有兄弟姐妹能依靠，活得久了吧，周围的人一个个都离世了，最后没人能帮助自己。去养老院又太花钱，而去便宜的机构要排上很久。能有自己运营的养老院真的很重要。

栗田：问题就在经费上。现在修女们靠的是养老金，可我们这代人就没有这么多养老金了，如何解决这个问题才是关键。

雨宫：老了每月连 5 万日元估计都没有。

栗田：没有没有。国民年金嘛，靠这些钱该怎么生存是个难题。而且修道院的修女们所做的之所以能成为一个范式，也是因为她们有过人之处，她们有的是做护理的，有的是教师。而我们的目标还是做"非正式的慢节奏"工作，所以房子就不能是那么豪华的了，也许只能在微缩版的房子里实现修道院式的共同体了。

雨宫：也就是说不必挣得太多，而是靠互帮互助生存下去了。

面向大叔的合租屋行不通

雨宫：在为写这本书采访的过程中，听到最多的就是"晚年梦想住进合租屋"，所以要是合租屋在必要的时候能配备护理人员就最好了，比如有常驻护士，或有住家医疗之类的措施。

栗田：是吗？没想到这么多人都希望住合租屋啊。不过我结了婚的朋友中也有表示想什么时候住进合租屋的。

雨宫：哦，毕竟到时都是两个老人相依为命互相照顾。现在基本上还是女性更长寿，所以即便结了婚，配偶先走一步从而落单的概率还是很高。不过，单身女性和单身男性相比较，感觉男性会更惨些。老了不会照顾自己，在满是垃圾的房间孤独死去的人里，男性占了多数。而且和女性不同，他们不太有要住合租屋的意愿。

栗田：的确是这样。

雨宫：因为大叔们在一起，话说着说着就会发展为争论，没法好好相处。而且住在一起说不定仍会根据退休前的头衔按资排辈，大叔们一起住合租屋看样子不会有什么好结果的。可话说回来，若是男女混住的合租屋，男人在里面只会成为累赘啊（笑）。一想到还得关照这些人，就感到很焦虑。他们会破坏和谐的，比如他们经常不愿去洗盘子。要是家务干得好的男人住住倒也算了。

栗田：就是要那种不会凌驾在别人之上、不摆谱的男人。

雨宫：看样子男女混住不太可能了，因为很少会有那样的男人。除非比女人还能干家务，爱干净的，才不会给人造成压力。

栗田：不过有洁癖的也让人头疼啊。神经兮兮的，认定"洗发膏非这个牌子不可"的那种，也很要命（笑）。

雨宫：是叫人不爽啊。

栗田：能住进合租屋的男性估计只能是早稻田大学毕业的神长恒一[1]和佩佩长谷川[2]于1992年结成的"失败者联盟"[3]中的这类人了。

雨宫：他们所做的就是推崇不工作不结婚的生活方式，让人不纠结于这些"失败"而继续生活下去的运动吧。不过目前多数日本男性可掌握不了这些"要领"。

栗田：是啊，男人如果不放下男人的自尊的话。就同"失败"和解这一层意思来说，那些人可谓是划时代了。虽然有许多不足之处，但思路却可行。

雨宫：他们可以说是从父母这代人观念的束缚中挣脱出来的男性了。

比起不结婚，更担心孤独死去

雨宫：我们这代人之所以会如此痛苦，很大程度上是由于

---

1 无政府主义者，活动家，看护助手。
2 和神长恒一同为早稻田大学出身，花了8年时间才从第二文学部毕业，留级期间同神长恒一结成"失败者联盟"，毕业后一直靠打工生活。
3 1992年诞生的团体，代表人物为神长恒一和佩佩长谷川。反对社会将"不像普通人那样工作""不恋爱""不成家"的人定义为"失败者"，认为这些都是社会施加给个人的压力，提出自由生存的主张，探索新的生活方式。以"交流""漫谈"为口号，开展了各类交流活动，该团体在2000年代初期停止活动10年后，于2011年再启。

"团块一代"父母的观念在我们身上打下的烙印。他们让我们和他们一样贷款买房，找个正式员工的工作，结婚生子。不过将这些观念强加在我们身上的父母一辈中问题也层出不穷，许多夫妻结了婚仍然不幸福，而且"团块一代"中父亲大多挥舞着男尊女卑的暴力价值观。作为他们的孩子，我们这"迷失的一代"想要符合他们的理想，却因为办不到而深陷痛苦，许多人就宅在家中闭门不出了。您对这点怎么看？

栗田：我的父母还算宽容，对我这不结婚的女儿也从不唠叨"想看见外孙"这类的话，好像是"被迫接受现实"了。"自己曾经是职场上的风云人物，但现在却不是""对自己而言结婚是理所当然的，但孩子不这么认为"，这种对时代及两代人之间变化是否有着清醒认识决定了孩子身上负担的轻重。

雨宫：您父母很了不起啊，真棒。

栗田：其实我也不知道他们内心是否真的理解了我，毕竟他们背着我也说过希望我结婚的话。如果孩子自身稍稍有那么一点想要结婚的心思，想必日子还要难过。只不过由于我自身不是块适合结婚的料，所以他们也许觉得，即使给我施加压力也是对牛弹琴。

雨宫：是嘛，这也挺好，躲过一劫。

栗田：不过回过头来想想，先不说结婚，其实他们还是在担心，我会不会一直一个人过下去。

雨宫：那当然会担心啊。我也过了40岁了，父母开始担心我会不会孤独终老了。他们的担心已经不在结婚这个层面了，而是别的方面。真心酸啊，让父母为自己的孤独终老而操心了（笑）。

栗田：仔细想想，父母这代人好像不太会有孤独面对死亡的情况。

雨宫：没错。他们有配偶，有子女，有社区，邻里间也有不少朋友，亲戚间的往来也很频繁。我自己也很惊讶，到了自己身上，孤独终老的概率却陡然上升了。

栗田：比起是否结婚，还是应该在独居生活中保持同他人的联系，以此来向他们表明自己没有孤独死去的风险，也许才能让他们宽心。

"未婚女性合租屋"的实验

栗田：其实我在 2010 年至 2011 年间住过只面向女性的合租屋。那是在横滨的独栋房屋，叫"未婚女性之家"。不过不是企业推出的商业性出租屋，而是一个有独栋房产的人要搬家，房子空置了下来，因为长期参与女性劳动运动，希望租给同样参加运动又生活窘迫的女性居住，才使我有了那么一段经历。租金为每人每月 1 万日元。她并不谋求赚钱，而是为了维持固定资产税[1]的支出才设定的这个价格。

1　在日本，不动产所有人每年要缴纳一定比例的固定资产税。

电费还要另行支付，由租客平分，所以在家时间越长的人越划算。

雨宫：这可是在解决女性与贫困问题、租房资格审查壁垒方面具有开拓性质的实验啊。租金1万日元的话，生活将会发生多大变化啊！一般来说，要是住在东京周边的话，一个人住至少也要6万到8万日元了吧。

栗田：我要是付那么多租金，肯定没法像像样样过下去了。一开始我和30出头的朋友，还有一名20出头的女性3人合租，后来又来了一名30多岁的女性。2011年，我和朋友离开了，又来了名20多岁的年轻女性和一名50多岁的女性。

雨宫：大家都是关心女性劳动问题或从事社会运动的人吗？

栗田：不是。一开始和我们合租的那位20多岁女性正好来"全国劳动女性中心"咨询，对办事员说由于种种原因自己父母要搬去东北，但她自己想留在横滨。这名办事员对问题了解得很深入，就向她介绍了"未婚女性之家"。于是她父母和祖母就一起来实地查看，和我谈话后觉得"没什么可疑"，就让她住进来了。

雨宫：有意思。一般的独栋房屋厨房只有一个吧，你们怎么协调的？为此发生过争执吗？

栗田：如果是两三个人的话，只要不是特别合不来的人，都能凑合。锅子有些是公用的，食材不写名字也还是分得清是谁的，吃饭的时间也各不相同。打扫的话，我喜欢打扫庭院，就由我负责，但打扫卫生间或者厨房我就不在行了，就让擅长的人去干。

只是我不能接受事先不打招呼就突然住到一起，还是希望在一起住之前先见见面。这样大家就会有机会相互考量卫生习惯是否相差太大，对方为人是否能够接受了。而且要是8个人、10个人住一起的话，还是得制定规则。

雨宫：“未婚女性之家”里面饱含了单身女性的生活智慧啊。

栗田：这类合租屋应该给人一种“开放”的感觉。并不是说不甄选合租的人，而是不应该出现只有参与运动的人才能入住，或是硬性规定应该这样不应该那样之类的情况。住户或者房东的主人色彩太强的话会增加紧张气氛。比如有人因为不想住家里，搬出来住进合租屋，但连那里都呆不下去的话就太可怜了。

雨宫：如果规定只有社会活动家才能住的话，那合租屋就变成运动指挥部了（笑）。太高高在上了些。

栗田：这个我觉得不太适合我，确切地说不太妥当。我认为合租屋给人应该是“大家因为某种缘分而住到了一起”的感觉。这样的行动本身从广义上来说，也是一种实践性的“活动”。

只是“未婚女性之家”的尝试在2014年就终止了。本来合租屋对面住着房东的亲戚，后来他们搬家了，周围变得空无一人，大家觉得只有几个女同胞住着，心里实在没底。

雨宫：哎，真可惜。不过坚持了3年还是很了不起了，很棒的实验。这几年一定积累了不少经验。我也曾参加过"未婚女性之家"的家庭派对，房子非常别致。

栗田：电影导演早川由美子还为此拍摄了名为《未婚女性之家》的纪录片，留下了影像资料。似乎是想让这次实验留下印记，告诉人们这世上还曾有过这样形式的合租屋。

租金1万日元的合租屋蕴含着商机

栗田：我们也不要求房产中介多么有良心，但还是希望他们能提供一类不拘泥于租客性别或职业的出租屋，无论是"未婚女性之家"也好其他的什么也罢，通过某种公正的面试来进行审查。那样的话，将会是多大的社会贡献啊。

雨宫：这样的房子会成为一种社会资源，毕竟空置的房子今后会越来越多。

栗田：要使这样形式的出租屋得以长久发展，还是要多动脑筋研究研究。比如规定其中有那么一个人是长租的。而且租客最好还是有一份工作作为经济来源，非正式员工，非常勤员工都可以，"像拼花工艺般地生存下去"。

雨宫：拼花工艺般地生存？那是什么？

栗田：公益社团法人横滨市男女共同参画推进协会管理、运营的男女共同参画中心横滨南分中心的报告中指出——所谓自立，就是在求助他人、一般就业、"心理疾病患者"或残障人士专门就业渠道、精工制造业、利用福利制度、依靠父母资源等选项中选择适合自己的生存方式，通过拼花工艺一般的拼接组合，来达到生存的目的。每人采取的形式不尽相同。当然，越来越多的人开始迫不得已地选择这种生存方式，这一现象也暴露出了单身女性和贫困的问题。

雨宫：拼花工艺般地生存，真有趣。另外，有许多人都赞同只面向女性的合租屋，如果建立基金会或是会费制度的话，那也许就会聚拢不少人气和资金。但如果仅仅是随便说说的话，估计没那么大号召力，而要是仔细拟定计划，向大家宣传"这间空置房屋就是根据这样的理念进行了改造，可以容纳多人居住。这套是试运行，若是成功将在全国逐步推广"之类的，没准就会吸引市场。比起政府，或许企业更愿意来投资，在某种程度上，也许就会形成一定规模。而且单身女性也不是完全没有钱，再配合上各种服务，比如快递服务，没准就会是一个不错的商机。

栗田：是啊。让企业参与进来是个关键点啊，我们虽然不擅长经商，但可以提出类似建议不断向社会呼吁。

雨宫：就是，我也完全没有商业头脑。要是有的话早就在这方面创业，然后大赚一笔，现在就是富婆了。要是把搞社会运动的精力用在这方面就好了（笑）。

让"独居"不再意味着孤独

雨宫：针对单身女性，是不是还有什么制度需要建立的呢？就拿无法租房这件事来说，我认为应该完善法律，以防房屋租赁企业的歧视性操作。若放任不管，不仅是单身女性，那些没有父母兄弟可依靠的独居人士、单身高龄老人也会因此而被拒之门外吧。

栗田：暂且不说法律制度，我认为开展有针对性的社会运动也很关键。我从很早开始，就对只知一味地去完善法律法规这种做法抱有疑问。因为法律法规还存在一个如何实施的问题。在促进法律法规的完善这方面，前辈们已经做了不少努力。比如制定和推进《男女雇佣机会均等法》，虽然我并不认为这是项好法律，但据说这项法律的制定也并非出于恶意。可法律推出后根本没有配套的惩罚机制，到头来弄成这副德行。所以我认为光完善法律还不行。况且有了这项法律也不被公众所知（苦笑）。

雨宫：这次制定的《女性活跃推进法》中，规定有义务遵守的只是大型企业，而对于300人以下的中小企业，只是规定他们有"努力的义务"。而且，日本中小企业占了相当大的比例，其中许多经营者都缺乏性别意识。就这点来看，这项法律并没给女性带来多大福利。

栗田：对于现在及将来的女性来说，通过各种方式构筑"一个人也能生存"的社会是十分有必要的，在这样令人安心的社会里，单身也就并不意味着孤独了。因为物理意义上的一个人同心理意义上的孤独感完全是两码事。今天的谈话中，我们重点聊的是住房问题，但终究每个人的困境和担忧都是各不相同的。

雨宫：正如你所说，有些人父母家就有产权房，没有住房上的担忧，有些人从外地来到东京，好不容易大学毕业，却被高成本生活一点一滴地吞噬了薪酬。她们就算是回到老家，也有可能找不到工作，生活逐渐被看护老人所占据，因而越发贫困，从而导致了最让人不愿看到的结果——一家人集体自杀。但在地方的话还是以结婚有孩子的人士居多，独居生活显得很奢侈。所以，到了40岁，每个人的生活其实已经有了很大差异了。

栗田：换作是男性，我感觉互相之间的差异就没有女性之间来得那么大了。所以在进行制度改革时，受惠最多的还是男性群体。对于女性来说，若是简单地针对某一类人将制度的某一部分作出改良，收效就没那么显著了，因为女性群体的情况更为复杂多样。

雨宫：的确。从笼统的政策中获益的要么是"在东京铆足精神工作，在事业上光彩照人"的成功精英，要么就是"连饭也吃不饱"的人。但这两极中间其实还有更庞大的群体。

女性自行构建安全网

栗田：我认为首要的就是处境不同的女同胞们要建立起能互相交流的关系网。2017 年 2 月，"全国劳动女性中心"年度大会召开时，有一晚，举办了个分会，都是单身女性聚在一起，大家一起谈论各自面对的困境。

雨宫：这个单身女性分会不错。大家都说了些什么呢？

栗田：有人对催婚倍感压力，但也有人说生活中要是没有男性，连个"换电灯泡的人都没有，太不方便了"。要调和这两类人真是颇费脑筋。

雨宫：同为单身女性，却有着如此截然相反的观念，这才会导致互相之间无法交流各自的不安。要是单身女性将烦恼向已婚女性诉说，可能又会被人催着早早找个合适的人结婚，或者被人调侃"单身的人真有闲情逸致"了。若是向成功的单身女精英诉说烦恼，也许又会听到"既然这么担心晚年，那买一套一个人能好好住下的公寓不就得了""别那么娇气"之类的忠告了。

我们这些搞社会运动的还知道如何让女性之间互帮互助，但若是普通单身女性的话，比如非正式就业的，工作经常调动，就很难同他人建立联系，再加上周围的朋友要是结了婚，彼此之间的联系也会变得不再紧密，最后真的就孤立无援了。

栗田：而且就在刚才提到的分会中，有人就反映自己已经有半年没和家人以外的人说话了。并且从某种程度上来说，她们没有机会和他人进行深入交流，所以给她们创造和他人对话的场所就变得非常重要了。比如在那里她们会觉得"啊，原来这里还可以谈论只接受女性的合租屋的话题啊"，于是就愿意毫无顾忌地说出自己的心里话。结构不必像什么组织一样严密，最好里面的人与人之间保持一种较为松散的关系，在这样的环境中，渐渐地就能使自己的想法对政治变革产生一定的影响。"全国劳动女性中心"已经制作并发售了名为《培养对话环境的练习册》之类的资料，目的就是要营造鼓励人们对话的环境。

雨宫：我觉得这样宽松的对话环境在今后一定会构建出一张单身女性自给、自足、自利的安全网，并与她们终身相伴。若是今后自己或是朋友得了癌症，买了保险的也许会得到赔偿，而周边琐事，也不愁没人托付了。所以当务之急就是单身女性要靠自己的力量找到生存下去的手段。

今天真是太感谢您了。

后记

"我们都努力到现在了。"

本书已进入尾声，听完书中这些女性的故事后，我满是心酸，真想不顾一切地去拥抱她们。

她们每个人，都各自在荒原上披荆斩棘。

本书从 40 岁、单身女性、非正式员工的不安和烦恼出发，到达终点时，想必已经为读者提供了不少具体的解决办法和启示。

没错，这本小书会让你受益无穷。

而 780 日元的不含税价[1]也可谓实惠。

个人认为，在我的所有作品中，这本书对读者来说性价比是最高的。

不过，想到今后的人生，还是会产生无穷的不安和担忧。

然而不去看客观条件如何，单"能活到今天"这个事实已为 40 岁女性建立起了一定能活下去的信念。如果日本女性的平均寿命在今后仍能继续领跑世界的话，那就意味着 40 岁只

1　指本书日文版定价。

是"人生的中间点"。唉，还要再活这么久……。表示惊讶的肯定不止我一个人。但是，我们还是只有从这里出发，继续去开辟那未知的道路。

当你迷茫、困惑，或者被莫名的不安包围的时候，希望你能够翻开这本书。

里面定能有那么几句话说到你的心坎上，给你以启迪。

5 年后，10 年后，20 年后，这本书中的女性会是怎样的人生呢？而你那时又在做什么呢？

在本书的最后，我想留下这个悬念。

2018 年 3 月

雨宫处凛

图字：09 - 2021 - 603 号

图书在版编目（CIP）数据

　单身女性/（日）雨宫处凛著；汪诗琪译.—上海：
上海译文出版社，2023.5
　（译文纪实）
　ISBN 978 - 7 - 5327 - 9174 - 3

　Ⅰ.①单…　Ⅱ.①雨…②汪…　Ⅲ.①纪实文学-日
本-现代　Ⅳ.①I313.55

　中国国家版本馆 CIP 数据核字（2023）第 070372 号

单身女性

[日]雨宫处凛/著　汪诗琪/译
责任编辑/衷雅琴　薛　倩　装帧设计/邵　旻　观止堂_未氓
上海译文出版社有限公司出版、发行
网址：www.yiwen.com.cn
201101　上海市闵行区号景路 159 弄 B 座
启东市人民印刷有限公司印刷

开本 890×1240　1/32　印张 5.5　插页 2　字数 80,000
2023 年 6 月第 1 版　2023 年 6 月第 1 次印刷
印数：0,001—8,000 册

ISBN 978 - 7 - 5327 - 9174 - 3/I・5705
定价：48.00 元

特别鸣谢

本书中登场的各位女性、光文社的小松现以及读到本书的你。